Le Livre de Poche Jeunesse

THE KISSING BOOTH

Beth Reekles

Beth Reekles est née en 1995 à Newport au Royaume-Uni. *The Kissing Booth*, initialement débuté sur Wattpad a totalisé un score de 19 millions de vues qui lui ont valu de signer un contrat avec la maison d'édition britannique Random House, en 2012, suivi en 2016 d'une adaptation Netflix.

BETH REEKLES

THE KISSING BOOTH

Traduit par Brigitte Hébert

Traduit de l'anglais (Royaume-Uni) par Brigitte Hébert

L'édition originale de cet ouvrage a paru en langue anglaise chez Corgi Books, an imprint of Random House Children's Publishers UK, sous le même titre.

En mémoire de Nan,
qui a su me démontrer qu'on peut
toujours continuer à batailler,
quoi qu'il arrive.

Pincez-moi, je rêve, Noah Flynn se prépare à me donner mon premier baiser, là maintenant ! Lui, le grand frère de mon meilleur pote, celui dont je suis raide dingue depuis le berceau, celui qui me rend folle au bout de trois secondes.

Gloups, je défaille déjà. Gros plan sur ses lèvres en approche. Je ferme les yeux, je revois Noah enroulé dans sa serviette de bain, sexy en diable, ou dans sa tenue de foot...

Top chrono, compte à rebours, on va s'embrasser.

Personne ne m'a forcée, c'est ça le pire, j'aurais pu dire non.

Noah s'avance encore, moi aussi.

J'espère avoir les dents propres, pas de restes de hot dog ou de barbe à papa. Bon Dieu, et si j'ai mauvaise haleine ?

Taratata, on se calme !

Mon premier baiser…

CHAPITRE 1

— Tu as soif ? me demande Lee de la cuisine.

— Yep !

Je monte directement dans sa chambre. Les Flynn ont une baraque d'enfer, sans parler de la piscine extérieure chauffée toute l'année au milieu du jardin. Un seul mot : j'adore. C'est ma seconde maison, la chambre de Lee (avec balcon s'il vous plaît) mon annexe. Pleine à craquer d'ailleurs, posters sur les quatre murs, batterie, guitare électrique, un super ordi sur l'énorme bureau. Mais aussi des tas de vêtements et de caleçons oubliés par terre, un demi-sandwich moisi, des canettes vides planquées sous le lit. Classique pour un mec de seize ans !

Lee est mon meilleur ami. Nos mères se sont connues à l'université, j'habite à dix minutes de chez lui. Ce qui est fou, c'est qu'on est nés le même jour, comme des jumeaux, et qu'on a grandi ensemble. Mon meilleur ami je vous dis, depuis toujours, et pour toujours, même quand il m'énerve.

Le voilà qui se pointe avec deux bouteilles de soda déjà ouvertes, il sait que je boirai la sienne !

— On doit se décider pour la kermesse, je lui dis.

— Je sais… Un stand avec des noix de coco à dégommer ?

— J'y ai pensé, mais non, c'est déjà pris.

— Galère. Il n'y a qu'à laisser les autres s'en occuper, nous on teste.

— Tu disais que ça ferait bien sur les CV.

— C'est toi qui as accepté, répond ce traître.

— Je ne savais pas qu'on serait obligés de pondre un stand, blaireau !

— Ça craint.

— On aurait dû s'y mettre plus tôt.

Retour à la case départ, on n'a pas avancé d'un pouce.

— Une maison hantée ? suggère Lee.

— Allô, c'est le printemps, pas Halloween !

— Tu proposes quoi ?

La vérité, c'est que je n'ai aucune idée. Si on ne trouve rien, on se fera virer du comité des fêtes et ça sera le néant intersidéral sur nos CV pour la fac.

— Je n'arrive pas à réfléchir, il fait trop chaud.

— Enlève ton sweat, bouffonne !

Lee s'installe devant son ordi pour surfer sur le Net, j'en profite pour retirer mon sweat, mais ma tête reste coincée dans l'encolure trop étroite. J'ai la désagréable impression que mon T-shirt remonte en même temps.

— Leeeee, tu peux m'aider ?

La porte s'ouvre. Merde, il m'abandonne ?

— Pourriez pas fermer à clé, les mômes !

Lee rabat mon T-shirt d'un coup sec, je réapparais, rouge tomate, les cheveux dressés sur la tête par l'électricité statique. Noah est là, en train de me mater, un sourire jusqu'aux oreilles.

— Hello Shella !

Je déteste qu'il m'appelle Shella, un raccourci pour Rochelle, mon prénom que je déteste. Tout le monde m'appelle Ella. Noah le sait très bien, il le fait exprès. C'est comme pour lui, personne n'ose l'appeler Noah, sauf son frère et ses parents. Il préfère Flynn.

— Salut Noah ! je réponds.

Ah ! Ah ! Monsieur n'aime pas non plus, ça lui fera les pieds !

Je vous jure, Noah est le mec le plus craquant de toute la terre, sans exagérer. Cheveux sombres, yeux bleus, le corps d'un dieu du stade avec tablettes de chocolat, et tout et tout. Il y a peut-être juste son nez, qui est resté tordu après une bagarre, mais mis à part ce « détail », comme on dit pudiquement, Lee et moi, c'est un modèle : le plus beau mec, le meilleur élève, la star de l'équipe de foot.

À treize ans, j'ai compris que Noah ne serait jamais pour moi, du coup, je suis zen sur la question et je dors la nuit. C'est le frère de mon meilleur pote, rien de plus.

— Je sais que je fais de l'effet aux nanas, mais garde tes vêtements, Shella, je préfère ! Vous faites quoi au juste ?

— On cherche un stand pour ce foutu carnaval.

— Évitez la pêche aux canards ! Lee, papa et maman sortent ce soir, la maison est libre, fiesta à vingt heures. Préviens tes potes, annonce Noah.

— Cool !

— Pas de strip-tease, Shella ! ajoute-t-il.

— T'inquiète, je réserve ça à Lee !

Noah repart en riant. Je ne peux pas m'empêcher de lorgner ses petites fesses parfaites.

— T'arrêtes de reluquer mon frangin, c'est dégueu. Je croyais que t'avais tourné la page en plus ?

— Oui. Mais ça n'interdit pas de mater.

— Ce que tu peux être obsédée…

Je le pousse de sa chaise pour m'asseoir à sa place et reprendre les recherches. Un truc attire notre attention au même moment.

— Un kissing booth ! s'écrie-t-on en chœur.

Ça y est !! On la tient notre idée de génie, un stand à bisous, c'est trop cool !

CHAPITRE 2

On décide que ce sera deux dollars le ticket d'entrée, autrement dit, deux dollars pour un baiser. Reste encore à peindre notre stand en rose et rouge. J'aurais bien aimé du noir mais Lee refuse.

— C'est pas Halloween ! se moque-t-il en imitant ma voix.

— OK, OK. Trouve du papier crépon, des rubans et des banderoles pour la déco.

— Et des pom-pom girls ! Quatre. Elles feront équipe par deux. On demande à qui ?

— Samantha et Lily. Je les appelle tout de suite. Elles chercheront les deux autres.

Lee et moi sommes potes avec tout le monde, on est charismatiques, pleins de charme. Donc, normal, Samantha accepte sur-le-champ, super contente qu'on ait pensé à elle. Même chose pour Lily qui promet d'appeler deux copines. Je raccroche, tout baigne.

— Ça va déchirer, notre stand ! s'exclame Lee.

— On est trop forts !

Un texto bipe sur mon portable. C'est Lily qui confirme « Dana et Karen ».

— Cool, c'est réglé ! Lee ?

— Non, je te vois venir.

— S'il te plaît ! Je n'ai rien à me mettre pour ce soir… Tu viendrais faire du shopping avec moi ?

— Pour mon frère ? Sûrement pas.

— Mais non ! Pour moi. Je m'en fous de ton frère.

Il accepte en grognant comme un gros nounours. On dévale l'escalier pour rejoindre sa voiture, une Mustang 65 achetée dans une casse automobile, son bébé d'amour.

— Merci, Lee !

— C'est dingue tout ce que je fais pour toi…

Il râle, mon pote, mais avec le sourire !

Au bout de vingt minutes, on arrive au centre commercial. Lee coupe le moteur, la musique s'éteint, mes oreilles bourdonnent.

— J'entre là-dedans à une condition, annonce Lee.

— Je t'achète un donut, promis !

— Et un milk-shake fraise banane.

— Ça marche.

Il ne lui en faut vraiment pas beaucoup…

Au quatrième magasin, je trouve enfin LA tenue : une robe corail, ni trop longue ni trop courte, avec un décolleté juste ce qu'il faut pour flatter sans être plongeant. Le tissu est fluide, soyeux. Je dois l'essayer.

— Ne me dis pas que t'as besoin de chaussures, ronchonne Lee.

— Mais non ! J'en ai.

— Mouais. T'as plein de fringues aussi, mais ça t'a pas empêchée de me traîner ici.

— Arrête de râler… Tu remontes la fermeture Éclair, s'il te plaît ?

Je me regarde dans le miroir. *Waouh*, c'est dingue comme on voit mes jambes. Lee pousse un sifflement admiratif.

— Tais-toi, mec. C'est pas trop court ?

— Pourquoi ? T'as peur de qui ?

— Lee ! Je suis sérieuse !

— OK : oui, un peu, mais c'est chouette.

— T'es sûr ?

— Tu crois que je te mentirais ? demande-t-il, l'air tristounet.

— Nan ! Allez, je la prends. En plus, elle est en solde. Après, on rentre.

— Et ma pizza ?

J'éclate de rire, je referme le rideau de la cabine d'essayage et me rhabille en vitesse. Ça caille avec la climatisation. Quand je ressors, *vlan !* obstacle sur mon chemin.

— Pardon ! Oh, salut Jaime !

Zut, Jaime du lycée, miss Pipelette n° 1 qui sait aussi se montrer très énervante quand elle veut.

— Vous faites quoi tous les deux ? C'est réservé aux dames ici, dit-elle avec un coup d'œil soupçonneux à Lee.

— Ella voulait un deuxième avis, répond-il sans se démonter.

— Il paraît qu'il y a une fête chez toi. Ton frangin sera là ?

— Ouais, soupire Lee, en levant les yeux au ciel.

— Super ! Moi aussi ! T'as prévu de porter cette robe, Ella ?

— Oui, je suis venue exprès.

— Hum… Pas sûr que la couleur t'aille bien.

Mais sa tête dit le contraire. Jalouse, Jaime ! C'est bon signe, j'ai choisi la bonne robe.

— Je l'achète quand même, elle est en solde. Salut Jaime !

Je paye, on sort du magasin et on se dirige vers le coin des restaurants. Lee choisit une énorme part de pizza, moi, un jus d'orange.

— Attention, vomis pas dans ma caisse, me prévient-il.

— Mais non !

Je préfère quand même arrêter de boire, on ne sait jamais. Comme il est presque dix-huit heures, je demande à Lee de me ramener à la maison. Je voudrais me préparer tranquillement.

— Ce que tu peux être fifille, Ella !

— Ah ! Ah ! Bravo pour l'esprit de déduction, Sherlock !

— Tu peux descendre de mon carrosse, miss Girly est arrivée !

— Merci, Lee. À plus.

La maison est vide, ça ne me surprend pas. Brad, mon petit frère, participe à un tournoi de foot, papa l'a sûrement accompagné. J'en profite pour mettre Ke$ha à fond, je l'entendrai en prenant ma douche. Une fois remballée dans ma serviette, j'admire ma nouvelle robe, mais j'ai un doute sur sa longueur. J'ai grandi sans ma mère, je ne suis pas si fifille que ça… allez, c'est bon, certaines filles du lycée s'habillent bien plus court.

J'attaque le maquillage pendant que mon fer à friser chauffe. Du fond de teint léger, un trait d'eye-liner pour souligner mes yeux noisette. Ensuite, mes cheveux qui sentent l'après-shampoing à la noix de coco et que je laisse retomber en jolies boucles. La robe, des chaussures noires à talons, je suis prête.

Je sais qu'il y aura des nanas hyper maquillées, avec des jupes archi mini, perchées sur des talons bien plus hauts que les miens. Mais je m'en fiche, je me trouve bien comme ça.

Zut, je me prépare depuis déjà deux heures. Un texto flashe sur mon portable. C'est Lee qui me demande ce que je trafique. C'est parti, j'y vais.

Chez Lee, le jardin fourmille déjà d'invités, le gazon tremble sous mes pieds avec le son de la basse qu'on entend par la porte ouverte. J'entre et file me chercher une boisson dans la cuisine. Prévenants, Lee et Noah ont vidé toute la nourriture du réfrigérateur pour éviter que des petits malins s'amusent avec les tranches de jambon, comme la dernière fois (ils avaient décoré les murs).

— Salut Ella !

— Hello Georgia !

— Olivia a dit que tu tiendrais un stand à bisous avec Lee. Génial !

— Merci.

— On n'en a pas eu depuis des années, bravo pour l'idée ! ajoute Faith.

— Moi, c'est sûr, je viendrai, dit Candice. Il paraît que Jon Fletcher sera là.

— Et Dave Peterson, renchérit Georgia.

— Ah bon, Jon ? je demande.

— C'est Dave qui l'a dit, me répond Candice.

— Ella, c'est ton stand, tu devrais savoir ! s'amuse Faith.

— J'avoue !

— Tu sais qui tu devrais prendre pour ton stand ? déclare alors Olivia.

Noah, bien sûr, elles ne pensent qu'à lui et ne le quittent pas des yeux.

— Tu lui as demandé ?

— Pas vraiment.

— Pour son petit frère, il ferait bien un effort, non ? minaude Georgia. Fais-le culpabiliser pour que ça marche.

— On a déjà quatre garçons.

— Mais pas Flynn. S'il participe, les filles feront la queue à ton stand ! Ce sera top ! s'exclame Olivia.

Voilà, encore une qui aimerait le faire craquer. Olivia a ses chances, elle est chef des pom-pom girls, mais Noah ne lui a jamais parlé. Il a une réputation de tombeur sans avoir besoin de regarder la moindre fille. Le pire, c'est qu'il en est fier.

— Tu sais, Ella, si tu réussis à traîner Flynn au stand à bisous, tu deviendras une légende, ajoute Faith.

— Faith, t'as un copain, je te rappelle ! Ce stand n'est pas pour toi, lui fait remarquer Georgia.

— Pourquoi pas, il faut sauver les dauphins, non ?

— C'était l'an passé ! L'argent ira à une fondation qui soutient la recherche contre le cancer, j'explique.

— Encore mieux, alors demande-lui ! s'exclame Faith.

Olivia, Candice, Georgia et Faith me supplient d'aller trouver Noah pour lui demander de participer. Justement, le voilà en ligne de mire, il vient chercher une bière. Je me jette à l'eau.

— Salut, tu nous aiderais pour le stand ? Il nous manque un garçon et…

— Votre Kissing Booth, c'est ça ? C'est mieux que la pêche aux canards, j'avoue ! Donc, tu veux que j'embrasse ?

— Pour la bonne cause, oui.

— Non.

— Flynn, s'il te plaît.

— T'es prête à me le demander à genoux ?

— Moi, non, mais la brochette de nanas, certainement ! Alors ?

— C'est toujours non !

— On ne pourra pas dire que je n'ai pas essayé.

— Attends, c'est toi qui as besoin de moi ou ces gazelles là-bas ?

— Euh…

— Désolé. J'ai ma dignité, et puis les mecs seraient blêmes que je rafle tous les baisers !

— Disons plutôt que ce n'est pas charitable d'empêcher les autres de venir.

— Voilà !

Tête basse, je rejoins les filles. Elles sont très déçues.

— Tu ne sais pas t'y prendre, regarde-moi et apprends, s'enflamme Olivia.

Elle fonce sur Noah qui est en pleine conversation avec deux garçons. Début de la leçon avec une Olivia en petite robe noire ultracourte, qui se colle au bras de Noah, ses yeux aux longs cils recourbés papillotant à merveille. Sa technique semble fonctionner, les garçons la remarquent. En revanche, Noah reste de marbre, il ne fond pas comme une guimauve. Elle revient vers nous, la mine boudeuse.

— Ce mec est odieux.

— Mais tellement craquant, murmure Georgia.

— J'avoue, dit Olivia.

— Et toi, Ella, tu ne craques pas sur lui ? demande Faith.

— Si, enfin, non. Il est à des années-lumière de moi, inutile de rêver.

— Qu'est-ce que tu racontes ! Tu es super mignonne, j'aimerais avoir tes cheveux.

— Merci Faith, mais c'est le grand frère de Lee, alors bon…

— Qui sait ?

J'abandonne ces pipelettes pour la piste de danse. Côté ambiance, ça chauffe entre la musique et l'alcool. J'en profite pour danser, rire, boire, papoter avec tout le monde. On dirait qu'ils sont tous au courant pour le stand à bisous, la première question qu'ils me posent concerne Flynn.

Vers vingt-trois heures, je rejoins Lee, Jason et Dixon dans la salle de billard. Ils jouent à boire des shots alignés devant eux. Dixon ajoute un verre pour moi.

— Je crois que t'as déjà assez bu, Ella, s'inquiète Lee.

— On s'en fiche ! Trois, deux, un, buvez !

Après le deuxième shot, je perds le fil. Le pire, c'est que je n'aime pas la vodka, ça me brûle la gorge. Je ne sens plus rien, je vois trouble, j'entends comme dans un sous-marin, je ris comme une baleine.

— Ella, t'es bourrée ! dit Jason en essayant de me soutenir.

— Je veux danser ! Jason, tu danses avec moi ?

— Y a pas de musique ici.

— Pas besoin !

Je monte sur le billard pour me trémousser. C'est d'enfer ! J'essaye de tirer Lee pour qu'il me rejoigne, mais il refuse.

— Bah, pourquoi ?

— Parce que. Ella, descends s'il te plaît.

Quel rabat-joie celui-là, je lui tire la langue.

— OK, attends-moi là.

— Leeee ! Tu vas où ?

— Te chercher du Coca. Dixon, t'en veux aussi ?

— Non ! J'ai tout ce qu'il me faut ici ! répond-il en m'adressant un clin d'œil appuyé.

Je crève de chaud, je transpire comme une malade, ils ont coupé la clim ou quoi ?

— Eh, j'ai une idée ! Si on se baignait tout nus !

Je me contorsionne pour descendre ma fermeture Éclair. Soudain, la salle bascule à l'envers, je me retrouve tête en bas sur une épaule.

— Au secours ! Lâchez-moi !

Les marches d'escalier défilent sous mes yeux, on ne m'obéit pas en dessous. C'est Lee ? Non, il portait un T-shirt vert, je crois, alors que je vois du rouge. N'empêche, le mec qui me trimballe est un sacré costaud. Mon champ de vision s'élargit quand on me dépose sur un matelas moelleux.

— Noah Flynn ! C'est toi le rabat-joie, juste quand je commençais à m'amuser.

— Ben voyons, en te mettant à poil ? Dors, ça te calmera.

— Je veux me baigner dans ta piscine !

— C'est tentant, mais non, tu seras mieux ici. Je te surveille.

— Tu n'as pas confiance en moi ? Je suis la meilleure amie de ton frère, je te signale et je n'ai pas besoin d'un chien de garde.

Noah ferme la porte à clé et s'assoit en face de moi. Ce mec est fou.

— Tu as beaucoup trop bu, Shella.

— Pas du tout. C'est ta fête et tu n'en profites pas ?

— Tu en as profité pour deux.

— Noah…

— Oui ?

— Tu viendras au stand, s'il te plaît ?

— Non.

— S'il te plaît ! j'insiste en rebondissant sur son matelas comme sur un trampoline.

— Non !

— T'es méchant.

— Je ne veux pas, c'est tout.

— Mais pourquoi ? C'est pour aider la recherche sur le cancer, ou les dauphins, ou un truc du genre.

— Je t'ai dit non.

— Même pas pour moi ? je demande en approchant à trois centimètres de lui.

— Ella, tu pues l'alcool ! Tu as bu combien de vodkas ?

— Demande à Dixon, c'est lui qui remplissait.

— *Pfff*, ces mecs…

— Quoi ?

— Rien.

— Je crois que je vais être malade.

Noah m'entraîne à la vitesse de l'éclair dans la salle de bains où j'arrive à temps pour vomir dans les toilettes. Une fois que j'ai terminé, il me tend un verre d'eau fraîche et m'oblige à le boire.

— Je suis vraiment, vraiment, désolée, Noah, je ne voulais pas gâcher ta soirée.

— C'est bon, Ella.

— Pardon, je suis…

— Ella ! C'est bon !

Je lui balance un petit coup de poing dans la poitrine. *Waouh*, ça, c'est de la tablette de chocolat ! Six ou huit ? Dix, c'est Noah quand même ! Quelle baraque, ce mec…

Il éclate de rire, me remet sur pied et me raccompagne dans sa chambre. Je m'écroule sur son lit.

— Ella, je reviens te voir dans dix min…

La suite se perd dans les limbes, je dors déjà.

CHAPITRE 3

Les rayons du soleil filtrent à travers les rideaux bleus, c'est le matin. *Aïe,* j'ai mal aux cheveux, mais l'oreiller est divin. *Hum,* je suis bien dans ce lit, j'adore l'odeur boisée à la citronnelle… Une odeur que j'ai déjà sentie sur quelqu'un. *Gloups.*

Je m'assois d'un bond. Ma chambre ne sent pas la citronnelle boisée, mon lit n'est pas aussi large. Bordel, je suis où ? Tout me semble familier et pourtant, je ne suis jamais venue ici. Je rabats la couette et sors du lit. Je porte un T-shirt gris, trop grand pour moi. Un T-shirt de garçon qui a la même odeur que l'oreiller. Je porte toujours ma culotte, c'est bon signe.

Qu'est-ce qui s'est passé hier soir ? Je me souviens vaguement d'avoir dansé sur une table. *Beurk,* j'ai un affreux goût dans la bouche et un super mal de crâne. Je me souviens d'avoir vomi avec quelqu'un qui me tenait les cheveux par-derrière. C'est forcément Lee, mon pote à la vie à la mort.

Je jette un coup d'œil dans le couloir et pousse un soupir de soulagement : je suis chez les Flynn, tout va bien. Ça doit être la chambre de Noah, je n'y suis jamais… Euh, qu'est-ce que je fous dans la chambre de Noah ? Pourquoi pas la chambre d'amis ou celle de Lee ?

Je retourne me coucher, il est seulement huit heures et j'ai vraiment trop mal à la tête. Alors que je suis sur le point de me rendormir, j'entends la porte de la salle de bains grincer lentement.

Noah. En chair, en os et en serviette de toilette autour des hanches, cheveux encore mouillés. *Waouh,* six tablettes de chocolat ! Les battements de mon pauvre petit cœur s'affolent.

— Désolé si je t'ai réveillée. Ça va, la cuite ?

— Moyen. J'ai un peu trop bu.

— Beaucoup trop de vodka, oui !

Il s'assoit au bord du lit, le manque d'air noie mes poumons. Qu'il enfile un jeans, une feuille de vigne, quelque chose quoi !

— Comment t'es au courant ? Tu m'as vue ?

— Ouais ! Perchée sur le billard en train de beugler que tu voulais te foutre à poil, du grand spectacle !

Ses yeux bleus me transpercent. Je me demande s'il entend les battements de mon cœur en pleine course de formule 1.

— Mon Dieu, j'ai fait ça ?

— Non, je t'ai évacuée avant !

— La honte… Merci. Ça aurait été hyper embarrassant ce matin.

— Tu m'étonnes ! T'as vomi aussi.

— Devant tout le monde ?

De pire en pire, je suis mortifiée, damnée, ravagée…

— Non, dans ma salle de bains. J'ai essayé de t'éviter le grand ridicule.

— Pardon, désolée, Noah, je t'ai gâché ta soirée, c'est nul.

— Je m'en remettrai, dit-il avec un sourire.

C'est un sourire sincère qui montre ses fossettes et plisse ses yeux bleus. Et communicatif aussi, je souris !

— Merci, Noah.

Il se lève d'un bond, la serviette glisse… Non, il la tient !

Oh là là, si elle était tombée et que... Stop ! N'importe quoi, Ella, tu déraillles.

Maintenant que je suis réveillée, autant m'habiller. Ce qui me rappelle que je porte un T-shirt inconnu – et qui s'arrête juste en dessous des fesses, *oups*.

— Euh... Noah, je me suis changée toute seule hier soir ?

— Pas exactement ! Quand je suis remontée tu râlais parce que ta robe était froissée, alors je t'ai prêté un T-shirt.

— Et tu m'as vue... en petite culotte ?

Mon Dieu, faites que non, je vous en supplie.

— Bah... euh ! répond-il en se retenant de rigoler.

— Oh my God.

— Shella ! Je te jure que j'ai tourné la tête !

La honte totale, comment se remet-on d'un truc pareil ?

— Tu ferais mieux de descendre, Lee prépare le petit déj.

Ça craint tellement qu'il préfère changer de sujet de conversation. Mon estomac hurle comme un loup affamé. OK, autant descendre manger, de toute façon avec ce mec quasi nu devant moi, l'air est irrespirable, je n'en peux plus. Noah repart s'habiller dans la salle de bains. *Ouf.*

C'est bizarre, il m'a toujours considérée comme une gamine énervante, mais là, j'avoue qu'il se comporte différemment. On dirait même que… Noah réapparaît.

— En boxer Superman ! Noah !

J'éclate de rire. Il baisse les yeux comme pour vérifier et… oui, il rougit ! J'ai réussi à faire rougir Noah Flynn ! Score : Ella-1/ Noah-0 !

Zou, je descends à la cuisine.

— Tiens, voilà l'alcoolique-strip-teaseuse, soupire Lee. Qu'est-ce que je vais faire de toi ?

— Prendre le petit déjeuner ?

Lee éclate de rire et se remet à la cuisson du bacon. Gagné !

CHAPITRE 4

Je passe une bonne partie de la journée à jouer avec Lee à Mario Kart.

— Franchement, je n'en reviens pas que ton frangin ait fait la nounou hier soir.

— Moi non plus. D'ailleurs, ça aurait dû être moi si on ne m'avait pas retardé.

— Ah oui, Veronica était sur ta route ! C'est la seule ou tu en as embrassé d'autres ? Tu marches dans les pas de Noah, c'est fou !

— Tu peux parler, fille de joie !

— Eh, oh, du calme, je suis allergique à la vodka, monsieur. Je le saurai maintenant.

— N'empêche, mon frère s'est montré un peu trop gentil avec toi. J'espère qu'il ne te drague pas.

— Ne dis pas de conneries. Et puis tu sais bien que j'ai tourné la page depuis des lustres.

— Toi et lui, ça serait tellement…

— Arrête.

À dix-sept heures, je décide de rentrer à la maison. Lee me reconduit en voiture parce que je lui ai emprunté un jeans et que je ne veux pas qu'on me voie comme ça dans la rue !

À peine rentrée, papa m'appelle :

— Rochelle, c'est toi ?

— Oui, papa !

— Viens à la cuisine, s'il te plaît.

Aïe, ça sent le sermon. Brad est dans le salon, j'entends la Wii. Mon père est sur son ordi.

— Coucou papa ! Je me fais un café, tu en veux un ?

— Merci, oui. Alors cette fête ?

— Topissime !

— J'espère que tu n'as pas fait de bêtises ?

Son regard soupçonneux veut dire : « avec les garçons ». Je ne sais pas pourquoi il s'inquiète, je n'ai jamais eu de petit copain.

— Non, non… J'ai juste un peu bu.

— Rochelle, soupire papa, qu'est-ce que je t'ai dit à propos de l'alcool.

— T'inquiète pas ! Lee et Noah étaient là.

— Noah s'est occupé de toi ?

Même mon père est surpris…

— Incroyable mais vrai, oui !

— Ce n'est pas une raison pour recommencer, Rochelle. Pas d'alcool en soirée, tu le sais.

— Oui, papa. Désolée.

— Si tu recommences, plus de sorties pendant un mois, ça t'aidera à réfléchir.

— Message reçu cinq sur cinq.

— Et le stand, c'est réglé ? La kermesse est dans deux semaines.

— Oui, on a trouvé ! Ce sera un stand à bisous.

— Amusant ! Tu es sûre que vous avez le droit ?

— Je ne vois pas pourquoi. C'est réglo comme stand.

— C'est mieux que de se balancer des noix de coco à la figure ! Rochelle, j'ai un service à te demander : j'aimerais que tu gardes ton frère demain. Je dois rester tard au boulot.

— Oki-doki ! Je file sous la douche, j'ai des devoirs à faire.

— On dîne à dix-neuf heures, ma poule.

Je déteste le lundi. Rien ne va et mon réveil sonne vingt minutes plus tôt parce que je me connais, je n'arrive jamais à me lever le lundi matin.

J'attrape mon pantalon noir dans la penderie. On porte un uniforme, cela fait partie du règlement de l'école. Une tradition pourrie qui date de 1900 et des brouettes, quand notre lycée a été construit. Il y a pire comme uniforme, mais je préférerais qu'on n'en ait pas.

Comme si c'était pas suffisamment pénible, voilà que ça dérape encore plus : j'entends un *craaaaac* en enfilant la jambe gauche de mon pantalon. Bordel. J'inspecte le tissu. La semaine dernière, j'ai vu un tout petit trou sur une couture… qui vient de se transformer en une énorme déchirure.

— Et merde.

Aïe, je suis loin d'être une fée couturière et ce n'est pas mon père qui arrangera ça. Je dois en commander un, mais le colis n'arrivera pas avant jeudi. D'ici là, je serai obligée d'aller en jupe au lycée. Je la déteste : elle est plissée, à rayures bleues et noires. En plus, il faut porter des chaussettes. Oui, des chaussettes jusqu'aux genoux. J'avais tenté la chose au début du lycée, mais j'ai vite abandonné : c'est tarte. Sauf que ce matin, je n'ai pas le choix. Horreur, la jupe est trop courte, j'ai dû grandir. *Oh, là, là.* Je me regarde dans le miroir, c'est la fin du monde.

Quand j'arrive dans la cuisine, Brad s'étrangle de rire avec ses céréales.

— La grue sur pattes ! hurle-t-il.

— Brad, laisse ta sœur tranquille, dit papa. Euh… Rochelle ? C'est vraiment une tenue pour l'école ?

— Mon pantalon s'est déchiré.

— Désolé, ma grande, je n'ai pas le temps de t'emmener en acheter un.

— Je sais, je sais.

J'ai à peine le temps d'avaler mon bol que Lee klaxonne devant la maison. J'embrasse papa en vitesse et je sors en courant. Je ne veux pas qu'on voie mes jambes !

— T'es en jupe ? fait Lee.

— Bravo Sherlock. Laisse béton.

— Tu es très bien en jupe, tu devrais en porter plus souvent.

Lee, mon meilleur pote, je vous dis ! Il allume la radio. Malheureusement pour moi, le trajet est court, je dois déjà ressortir de la voiture. On est moins en avance que d'habitude, il y a du monde. Un groupe de potes approche.

— *Hum*, pas mal ! siffle Dixon.

— Ta gueule.

— Bah quoi ?

Je ne suis pas d'humeur ce matin. Lisa et May bavardent un peu plus loin, je les rejoins. Une main me claque alors les fesses. Bon Dieu !

C'est Thomas, un joueur de foot. Il est content de lui, ce con.

— Tu te prends pour qui, connard ?

— Hey, il paraît que j'ai tout raté ! lance son copain Adam. Tu me refais ta danse du ventre, Ella ?

Adam commence à se déhancher devant moi, ses copains éclatent de rire. Ça aurait pu être drôle, mais pas aujourd'hui.

— Arrête ça tout de suite, mec.

Il m'attrape le poignet, je le repousse.

— Laisse-la ! intervient Lee.

— Dégage, on s'amuse, lui répond Adam.

Mon poing part en direction de son pif. Du moins, je croyais, parce qu'il est intercepté avant de l'atteindre. Un autre poing écrabouille la mâchoire d'Adam et l'envoie valser contre un 4 × 4.

Qui ? Noah bien sûr. On entend les « baston ! baston ! » des curieux qui rappliquent et les

« aïe ! » d'Adam. Je réagis enfin et tente de stopper Noah. Adam saigne de la lèvre.

— Noah ! Arrête !

Un cercle s'est formé, un prof accourt, les garçons continuent de se battre.

— Lee, fais quelque chose !

— Qu'est-ce que tu crois que je fais ? Il n'avait pas à te traiter comme ça.

Et il replonge dans le chaos général.

— Hé, Flynn, faut apprendre à partager ! lance Thomas en esquivant son poing.

J'en reste baba.

— T'as dit quoi là ?

— T'as bien entendu ! me répond-il avec un clin d'œil.

— Putain, ça va chauffer, mec, gronde Noah.

— Flynn ! hurle le prof.

La bagarre retombe d'un coup.

— Qu'est-ce qui se passe ? demande M. Pritchett, le principal adjoint, qui vient d'arriver.

— Rien, monsieur, un malentendu, je réponds.

— Une semaine de colle ! Flynn, Rogers, dans mon bureau. Vous aussi, Rochelle.

— Mais qu'est-ce que j'ai fait, monsieur ?

— Je veux vous parler.

Qu'est-ce que je disais sur les lundis matin ! Lee pose son bras sur le mien pour me réconforter.

— Merci, Lee, mais tu n'aurais pas dû t'en mêler.

— Bien sûr que si ! Personne n'a le droit de te traiter comme ça.

— Tu le fais bien sept jours sur sept !

— Parce qu'on est jumeaux. Ces enfoirés ne sont pas dans l'histoire... Tu sais, je commence sérieusement à penser que mon frère s'intéresse à toi.

— Il aime surtout la baston, oui.

La cloche sonne le début des cours. Pour moi, direction la permanence.

— Bonne chance, Ella, me dit Lee en partant.

J'attends avec Noah et Thomas. M. Pritchett convoque celui-ci en premier. Après quelques secondes de silence, je remercie Noah.

— Pas de quoi. C'est normal. On ne traite pas les filles comme ça, encore moins si c'est toi.

— Pourquoi tu m'as empêchée de lui donner un coup de poing ?

— Je ne sais pas trop…

— C'est vrai, pourquoi tu t'en es mêlé finalement ? Lee, Dixon et Cam s'en seraient sortis aussi.

— Peut-être, ouais.

— Noah, réponds !

— Je ne voulais pas que tu te battes… Et ça m'énervait qu'ils parlent de toi de cette façon.

Noah fronce les sourcils, se gratte la tête, mon cœur s'emballe soudain, puis il lâche cette phrase qui souffle la petite flamme allumée en moi :

— Tu es un peu comme ma petite sœur.

— Oui, bien sûr…

Je me concentre sur mes ongles, histoire de me calmer.

— Tu t'en fiches d'avoir des ennuis à cause de moi ?

— J'en ai jamais ! Surtout quand ils sauront que je défendais ta vertu !

— Très drôle.

Le silence retombe pendant un long moment. C'est la première fois que je passe autant de temps près de Noah, si on oublie la soirée où j'étais trop bourrée pour m'en souvenir !

Thomas sort du bureau, Noah prend sa place chez le principal adjoint. Cela dure moins longtemps pour lui, il en ressort même avec le sourire. À mon tour. Je stresse, parce que je ne suis pas une habituée. M. Pritchett me pose des questions sur le déclenchement de la bagarre, je lui explique les remarques déplacées que j'ai reçues à cause du truc stupide de samedi soir, ensuite l'escalade générale, etc.

— J'ai compris, merci, Rochelle. Vous pouvez retourner en classe.

Zou ! Je ne me le fais pas dire deux fois.

CHAPITRE 5

Des plateaux se posent autour de moi, un essaim de seniors et de juniors – que des filles – s'installe à ma table.

— Salut Ella ! lance Jaime. On veut tout savoir.

— À propos de quoi ?

— De Flynn, bien sûr ! dit Olivia. Y a quelque chose entre vous ? Vous êtes ensemble ?

— N'importe quoi.

— Mais tu l'appelles Noah, me fait remarquer Tamara.

— Rien de neuf sous le soleil, je le connais depuis toujours. Il m'a même dit ce matin que j'étais sa petite sœur. C'est un mec gentil, c'est tout.

— Un mec gentil toujours prêt à se battre pour toi, oui ! ironise Georgia.

— Qu'est-ce que tu racontes ?

— Enfin, Ella, t'es pas au courant ? s'étonne Faith.

Elles commencent à m'énerver avec leurs sous-entendus.

— Les mecs ont interdiction de t'approcher. Ordre de Flynn. S'ils touchent à toi, ils ont affaire à lui, reprend-elle.

C'est quoi cette blague ? Les filles éclatent de rire devant ma tête.

— N'importe quoi. Il joue les grands frères, rien de plus.

Elles se lancent des regards douteux. Jaime reprend la parole :

— Si t'es sûre de ça…

— Cent pour cent sûre. Demandez à Lee si vous ne me croyez pas.

— Il est où d'ailleurs, ton jumeau ? demande Tamara.

— À l'atelier pour bosser sur notre stand. Moi, j'ai faim !

— Revenons à Flynn : tu as réussi à le convaincre, Ella ? demande Candice.

— Non. Pourtant, j'ai essayé.

Soupir attristé des demoiselles.

— Moi, je serais même prête à payer plus cher, dit Georgia, ce qui provoque l'hilarité générale.

— Est-ce qu'il t'a dit pourquoi il refusait ? demande Karen.

— Pas vraiment.

Mon portable sonne. Je le cherche dans ma poche de pantalon en oubliant que je porte cette satanée jupe. Un message de Lee s'affiche : *Viens tout de suite !*

— Bye, les filles. Lee a besoin d'une touche féminine dans sa vie !

Quand j'arrive à l'atelier, je trouve un Lee sur les nerfs.

— Eh, oh, Lee, la sauveuse est arrivée !

— Ah, enfin. Les lettres, tu les veux comment ?

— Donne-moi le feutre, bouffon.

Je trace un « Stand à bisous » en belles lettres bien visibles.

— Ton A est plus petit que le N, le S et le O sont trop serrés, ronchonne Lee.

— T'inquiète. Découpe au lieu de râler… Au fait, tu savais que ton frère empêchait les mecs de m'approcher ?

— Tout le monde le sait.

— Sauf moi. Pourquoi tu ne m'en as jamais parlé ?

— Je croyais que tu le savais. Tu ne t'es jamais demandé pourquoi aucun mec ne sortait avec toi ?

Je réfléchis à sa question. Honnêtement, ne pas avoir de petit copain ne me semblait pas un problème, je me disais juste que ça viendrait un jour et qu'on me prenait pour un garçon manqué parce que je traînais avec Lee. Rien de plus.

— Non, parce que tu es le seul dans mon cœur, Lee !

On éclate de rire et on se remet à notre stand. Au bout de quelques minutes, Lee aborde à nouveau la question :

— Sérieux, Ella, tu viens juste de l'apprendre ?

— Oui. Les filles s'imaginaient des tas de trucs à cause de ce qui s'est passé ce matin. Je leur ai dit que Noah me prenait juste pour sa petite sœur.

— Ouais. Il joue au grand protecteur. J'aurais pù m'en charger. Ces connards d'abrutis, je les…

— Du calme !

— Noah a raison de les éloigner de toi. Tu es tellement naïve et confiante avec tout le monde, ma pauvre fille.

— Quoi ? Je rêve !

— Non, Ella, c'est vrai. Tu pourrais vraiment tomber sur un sale type qui te fera du mal. C'est pour ça que Noah et moi, on veille au grain.

— Je dois dire merci, alors !

Tout de même, je continue d'y réfléchir et trouve que Noah exagère. J'aurai dix-sept ans dans deux mois, c'est finalement à cause de lui que je n'ai jamais embrassé de garçon, jamais eu de petit copain, jamais eu de proposition de sorties à deux. De quel droit s'immisce-t-il dans ma vie privée ? D'accord, c'est gentil, mais ce n'est pas une raison pour aller aussi loin.

Le gros hic c'est que Noah me prend pour une godiche naïve et sans défense. J'aimerais tellement qu'il me défende pour une autre raison… plus romantique.

CHAPITRE 6

Brad, mon petit frère de dix ans, est facile à garder : il joue aux jeux vidéo en hurlant devant la télé. Je dois juste le faire dîner et le traîner dans sa chambre à 21 h 30 pour qu'il se couche. Après, j'ai la paix et le temps de me prélasser devant un film de gladiateurs. Je m'endormais presque quand mon portable a sonné.

— Allô ?

— Ella, c'est Adam… Je voulais m'excuser pour ce matin.

Adam qui s'excuse ?

— Ella, tu m'écoutes ?

— Oui, oui… Tu appelles tard, dis donc.

— Je sais, mais je tenais vraiment à m'excuser… Tu sortirais un soir avec moi pour dîner et me faire pardonner correctement ?

— Pas la peine. Salut.

Quel con. Lee ne pourra pas dire que je suis une fille trop gentille !

Je monte me coucher en ruminant sur tout ça, autrement dit en pensant à Noah, à sa façon de me regarder hier matin. Son regard était différent, énigmatique, doux, définitivement pas celui d'un grand frère sur sa petite sœur d'adoption…

Crétine, tu n'es pas une princesse Disney !

Et je m'endors.

Le lendemain matin, mon arrivée en jupe est plus calme. Quelques blagues, des sifflements, mais rien de méchant. Je les entends seulement quand Noah n'est pas en vue. Lee grommelle dans sa barbe, mais je lui demande de laisser tomber.

— Qu'est-ce que je disais : trop confiante ! commente-t-il.

— Explique-moi en quoi je suis trop confiante.

— Ces mecs te déshabillent des yeux, c'est insupportable !

— Tu exagères, je ne suis pas un mannequin.

— Tu t'es regardée dans une glace, miss Bonnet C ?

— Lee, tais-toi !

— N'empêche que c'est vrai ! Quand je pense que tu voulais te baigner à poil devant eux !

— Arrête avec ça. On se retrouve à la cafète. Bye.

Lee a cours de biologie et moi, de chimie. Je m'installe à ma place habituelle. On m'appelle alors du fond de la classe. C'est Cody qui me fait signe.

— Il est mort, murmure Dixon.

— Noah ne le ratera pas, ajoute Cam.

Pff, les mecs. Je reprends mes affaires et pars m'asseoir à côté de Cody. Je ne le connais pas très bien mais il est sympa. C'est un super pianiste, je l'ai déjà entendu jouer.

— Paraît que des mecs t'ont fait des remarques, commence Cody, l'humeur bavarde.

Je n'ai pas trop envie de revenir là-dessus, il s'en rend compte et change de sujet.

— Trop cool votre idée de stand à bisous ! Tu participes aussi ?

— Non, j'organise !

— Dommage. Ça m'aurait facilité la vie…

— Euh… à quel niveau ?

— Pour t'inviter à dîner ou à boire un verre… Tu vois, quoi !

Il est tellement nerveux que j'ai envie de rire, mais je me retiens.

— Tu n'as pas peur des représailles ? Noah veille sur moi comme sur une potiche.

— Tu en vaux la peine, je prends le risque !

— Demandé comme ça, pourquoi pas !

— Vraiment ?

— Oui, oui, vraiment.

— Cool. Je t'appelle ce soir.

— Je ne décroche jamais devant les numéros non identifiés !

Il attrape mon bras et inscrit le sien tout autour, c'est très artistique !

— J'aurais pu l'enregistrer dans mon portable ! Merci quand même.

— C'est beaucoup plus drôle comme ça !

Le prof nous demande d'ouvrir nos manuels à la page 137.

— Nous en étions restés à la fabrication de l'éthanol et de ses implications sur le plan…

— Faut demander à Ella pour les détails ! lance Oliver.

— Ta gueule, je réponds, furieuse.

— Bravo, Ella ! s'amuse Cody.

Je le trouve de plus en plus cool, sortir un soir avec lui devrait être sympa. Le seul truc qui m'inquiète, c'est la réaction de Noah quand il l'apprendra.

La fin du cours de chimie se déroule sans problème. Au moment de se séparer, Cody promet de m'appeler pour fixer une date. Comme convenu, je rejoins Lee pour la réunion du comité des fêtes.

— Tu ne devineras jamais ce qui s'est passé en chimie !

— On t'a proposé un rencard, répond Lee du tac au tac.

— Comment tu le sais ?

— Dixon m'a envoyé un texto à propos de Cody, le volontaire pour la guillotine.

— Il est sympa, non ? Tu pourrais être content pour moi : c'est mon premier rendez-vous.

— Bien sûr, Ella, je suis content pour toi, Cody est très sympa. Je me demande juste comment Noah réagira.

— Aucun problème.

— Si tu le dis.

— On commence, lance Tyrone d'une voix sonore.

Lui, c'est le responsable du comité des fêtes. À son côté, Gen, stylo en main, une fille qui prend son rôle de secrétaire générale très au sérieux.

— Il paraît que vous avez enfin trouvé votre stand, nous demande Tyrone. Un kissing booth, c'est ça ?

— Oui !

— Vous ne pensez pas que c'est un peu… risqué ?

— Ceux qui n'ont pas envie d'embrasser ne viendront pas, c'est tout, je réponds.

— Certains trouvent quand même ça malsain.

— Arrête, c'est n'importe quoi, tout le monde adore l'idée, s'énerve Lee. En plus, on a presque terminé notre pancarte.

— Le stand à bisous est un classique dans les kermesses, j'ajoute. On fixera des règles, une limite d'âge, si ça peut rassurer.

— Deux profs sont venus m'en parler ce matin, explique Tyrone. Moi, j'aime bien l'idée, mais…

— Je te jure que tout ira bien.

— OK. Dépêchez-vous de finir, tout doit être prêt pour vendredi.

Tyrone s'adresse maintenant à Kaitlin qui s'occupe du stand de barbe à papa. J'en profite pour murmurer à Lee :

— Il faut que ton frère vienne au stand, les filles le réclament.

— Tu sais bien qu'il refuse.

— Je lui redemanderai.

Lee me dépose devant chez lui et repart aussitôt faire une course pour sa mère. Comme on doit préparer une play-list pour le stand, je l'attendrai dans sa chambre. La voiture de Noah est déjà garée devant chez eux.

— Lee, maman a besoin de lait, vas-y tout de suite !

— C'est moi ! Il est déjà parti en acheter.

Noah sort de la cuisine au moment où j'y entre. *Vlan,* son verre d'eau se renverse sur moi. *Outch,* c'est froid !

Merde, je me souviens aussi que je porte un soutien-gorge rose fuchsia sous mon chemisier, les autres étaient au linge sale. Encore mon jour de chance. Noah m'observe sans un mot.

— Quoi ? Tu n'as jamais vu une fille trempée ?

Ma remarque semble le réveiller.

— Qu'est-ce que tu as sur le bras ? C'est vrai que tu as accepté un rencard ?

— C'est bon, Noah. Merci pour tout, arrête de jouer la nounou, s'il te plaît.

— Tu ne m'as pas répondu, Rochelle.

Grrr, ça commence mal, je déteste qu'il m'appelle Rochelle.

— Oui, avec Cody, un type sympa.

— Sympa ! T'es sérieuse là ? Franchement, tu le connais ce mec ?

— Non, mais c'est aussi pour ça que j'ai accepté de sortir avec lui. C'est ce que font tous les gens normaux pour apprendre à se connaître. Oh, pardon, j'oubliais, pas pour monsieur Joli-Cœur qui jette les filles comme des Kleenex sans même se souvenir de leur prénom.

J'avoue, j'y vais un peu fort (et je ne sais même pas si c'est vrai) mais il m'énerve. Mon sang bouillonne.

— Cody cherche juste à coucher avec toi, gronde Noah.

— Ah oui ? Comment tu le sais, tu ne le connais même pas.

— Cody Kennedy, pianiste, concertiste, senior, inscrit dans toutes les options pour gagner des points.

OK, il le connaît un peu.

— Je sais de qui je parle, Ella. Donc, je reprends : Cody veut juste coucher avec toi, point barre.

— Si je comprends bien, Noah, tu cherches à me démontrer que les mecs du lycée ne s'intéressent qu'au sexe, pas aux filles. Et que sortir avec moi n'ira pas plus loin qu'une partie de jambes en l'air. Je suis une conne qui n'a aucune personnalité, c'est ta théorie.

— Je n'ai pas dit ça, mais tous les mecs sont pareils.

— Comment tu peux le savoir ? C'est à cause de toi que je ne suis jamais sortie avec personne ! Ce n'est pas gonflé, ça ?

— Tu fais trop confiance aux autres, Rochelle. Le premier venu te dira qu'il t'aime et te sautera dessus moins de trente secondes après, et toi, tu le laisseras faire, gronde-t-il.

— Je rêve, ou tu me prends vraiment pour une fille facile ?

Les yeux de Noah lancent des éclairs. Il donne un grand coup de poing dans la porte qui va cogner contre le mur avec fracas.

— Rochelle, écoute-moi pour une fois. J'essaye de veiller sur toi, bordel, s'énerve-t-il.

— Je n'ai pas besoin d'un chaperon, Noah ! Reste en dehors de ma vie, je peux me débrouiller seule, pigé ?

— Tu ne connais rien aux mecs, Rochelle ! Ils te matent H 24, ils font des paris sur toi, t'es bigleuse ou quoi ? Le premier connard qui sortira avec toi en profitera un max rien que pour se vanter auprès de ses potes.

— Tais-toi.

— Crois-moi, tu vas souffrir.

— Non. Au cas où tu ne l'aurais pas remarqué, je suis une grande fille, capable de se gérer toute seule.

— Bien sûr… dit la nana qui rêvait de se mettre à poil samedi soir.

— J'avais bu !

— Et qui est venu te sauver pour t'empêcher d'avoir la honte ? C'est tonton Noah.

— Je ne t'ai rien demandé ! Surtout pas de tenir les mecs à distance, merde !

Fin de la discussion, ce type me rend folle, direction la chambre de Lee.

— Eh, je n'ai pas terminé, Rochelle ! rugit Noah en m'attrapant par le bras.

Furax, je le repousse de toutes mes forces, mais cela ne l'ébranle pas même d'un demi-centimètre.

— Qu'est-ce qui se passe ici ? J'ai raté un épisode ? braille Lee depuis l'entrée.

On se regarde en chiens de faïence, Noah et moi. Aucun de nous deux n'ouvre la bouche.

— Rien, Lee. Je t'attends là-haut, je finis par répondre.

De l'escalier, j'entends les voix des deux frères, ils se parlent tranquillement. Noah est tellement... tellement horripilant ! Et incroyablement attirant. Mais de quel droit se mêle-t-il de mes affaires ? C'est si difficile d'imaginer qu'un mec sorte avec moi parce qu'il me trouve bien et m'apprécie ?

Pour me calmer, je me fourre la tête dans l'oreiller de Lee et je hurle un bon coup. Ça va beaucoup mieux après ! Je démarre les recherches de musique sur l'ordi. Quand Lee arrive, il me demande simplement :

— T'as trouvé des tubes ?

C'est aussi pour ça que j'adore Lee, il laisse retomber la mayonnaise ! Une heure plus tard, alors qu'on choisit des plats à emporter chez le Chinois d'en face, Lee aborde la question :

— Qu'est-ce qui s'est passé entre Noah et toi ?

— Je l'ai engueulé parce qu'il en fait trop, il a hurlé en disant que c'était son job de veiller sur moi, j'ai répondu à ma façon. Tu es arrivé à ce moment-là.

— Il a un peu raison, Ella, je t'ai prévenue aussi que…

— Je sais, mais c'est différent quand c'est toi qui le dis : tu es mon meilleur ami.

— Exact ! Mais les mecs ne sont pas tous des anges, Noah voulait juste te le rappeler.

— Je ne suis pas débile.

— Tu comptes, Ella, dit Lee en posant une main sur mon genou.

Quand c'est Lee qui se soucie de moi, j'adore, quand c'est Noah, ça me rend folle.

— Merci, Lee ! N'empêche que ton frère a un problème. Je survivrai à un rendez-vous avec Cody. Tu le connais, il ne ferait pas de mal à une mouche.

— Pas faux.

— Noah se trompe.

— Vous faisiez peur tous les deux, sérieux… Tu me promets que tu seras vigilante avec Cody ?

— Allô, Lee ! Des tas de filles ont rencard avec des mecs ! Toi, ça t'arrive tous les deux jours et tu ne leur sautes pas dessus au premier rendez-vous, n'est-ce pas ?

— Non, au troisième !

— Bouffon ! C'est pour ça que Karen ne veut pas aller au ciné avec toi.

On rigole un bon coup, Lee me fait encore promettre de tenir Cody à distance, et on attaque enfin notre poulet citronnelle. *Ouf*, j'avais faim.

CHAPITRE 7

Le reste de la semaine s'écoule rapidement, Lee et moi nous sommes plutôt occupés entre la compil de musique, le panneau à peindre, les décorations et les posters à rassembler. Sans parler de l'avalanche de devoirs que les profs continuent à déverser sur nos têtes.

J'évite Noah un maximum quand je suis chez les Flynn, je n'ai toujours pas réussi à avaler la pilule.

Enfin vendredi, le grand jour, je ne tiens plus en place. C'est ce soir qu'a lieu ma sortie au ciné avec Cody. Je dois le retrouver à sept heures. J'ai prévu cinq minutes de retard, c'est mieux de faire patienter un garçon, n'est-ce pas ?

Après mon dernier cours, je file à la maison examiner ma penderie. J'ai les mains qui tremblent. Trop de soucis, de doutes, je refuse de les écouter.

Il faut que je sois classe mais pas désespérée, rien de trop chic non plus. Et comme Cody est à peine plus grand que moi, pas de talons.

Je choisis un jeans gris. Oui, on progresse. Reste encore à dégoter l'autre moitié de la tenue ! Je n'ai pas osé demander conseil aux filles, j'étais trop gênée d'avouer que c'était ma première fois.

Bien sûr, je suis souvent allée au cinéma avec des garçons, mais toujours en bande, et ils s'en fichaient de ce que je portais. Là c'est différent, Cody me remarquera. Je panique bêtement, je sais, mais c'est plus fort que moi.

Après une longue réflexion, je me décide pour un pull rose pâle à manches trois quarts. L'encolure est soulignée d'un liseré rose foncé, c'est plus habillé pour le soir. J'ajoute un collier argenté et des bracelets. C'est tout bon. Euh... est-ce que ce n'est pas trop simple ? Et puis ce pull fait un peu sac à patates, ça ne flatte pas ma poitrine, si vous voyez ce que je veux dire.

Quelle heure est-il ? Merde, je devrais être partie depuis cinq minutes. Conclusion, ce sera le pull rose.

— Bye, papa !

— Amuse-toi bien, ma fille !

Brad joue aux jeux vidéo en hurlant, tout est normal chez moi, je sors. *Oups !* La voiture de Lee est déjà garée devant la maison.

— Désolée ! T'es d'accord qu'il peut patien… Noah ! Qu'est-ce que tu fous là ?

— Lee avait des trucs à finir, du coup c'est moi ton chauffeur.

— J'aurais pu prendre un taxi ou demander à mon père. Pourquoi il ne m'a pas envoyé de texto ?

— Il l'a sûrement fait.

— Non.

Noah me détaille d'un œil critique.

— Quoi ? Ça ne va pas ? Je ne suis pas assez chic ? D'ailleurs, c'est à cause de qui si c'est le premier rendez-vous de toute ma vie ?

— T'es bien sapée.

— Et les cheveux ?

— Ils sont OK. Tu es normale, dit-il en tournant la clé pour démarrer le moteur.

— Normale ? T'entends quoi par là ?

— Normale pour toi, tu ne montres pas de centimètres carrés de chair, quoi !

— *Waouh*, le compliment !

— Ella, si ce mec tente quoi que ce soit, je dis bien quoi-que-ce-soit, tu…

— On se calme. Cody est un garçon, je suis une fille. Il arrive qu'un garçon et une fille s'embrassent à leur premier rendez-vous, OK ? Cela ne veut pas dire que Cody m'empêchera de regarder le film pour me bouffer. On ne parle pas de toi, là !

— Ça va, ça va, ronchonne-t-il.

On roule en silence, Noah a l'air de bouder. J'essaye de détendre l'atmosphère.

— Je crois que je t'ai plus parlé pendant les dix derniers jours qu'en une année !

— Ouais. Incroyable.

C'est surtout qu'il n'y avait rien entre nous, je n'existais que pour être chaperonnée. Je l'observe à la dérobée. C'est fou ce que Noah est sexy avec sa petite mèche qui retombe tout le temps… *Allô la Terre, Ella, tu roules vers ton premier rencard avec un autre mec !*

— Merci, Noah, tu peux me laisser là.

— Je te ramène après ?

— Non, c'est Cody normalement. Au pire, j'appelle mon père ou Lee.

Je descends de voiture… Pas de Cody devant le ciné. Il en avait marre d'attendre ? Je vérifie dans le hall d'entrée, il n'y est pas non plus… *Zut alors*. Je commence à transpirer. Je compte jusqu'à cinquante, et je lui envoie un texto. *Je suis là. Et toi ?* Ni trop crampon ni trop stressée. Sa réponse arrive au bout d'une longue minute. *J'arrive*. Génial, c'est moi qui me retrouve à l'attendre. Je joue avec mon portable, histoire d'avoir l'air moins cruche.

— On s'ennuie ?

— Noah ! Gros naze, tu m'as fait peur ! Non, il arrive.

— J'ai cru comprendre que tu voulais le faire patienter !

— Je sais, mais…

— Je te l'avais dit !

— Arrête de m'espionner, Noah. Rentre chez toi !

— Tu ressembles à une nana qui s'est fait poser un lapin !

— Non, puisque t'es là ! Ah, ah, t'as l'air bête, hein ! Il est sûrement dans les embouteillages, pas la peine d'en faire un plat.

Noah me regarde d'un air perplexe. Dois-je entretenir la conversation ? Idiote, tu es fâchée contre lui. Je dois avoir l'air d'un poisson qui ouvre et ferme la bouche sans rien dire.

— Salut !

Cody. Enfin. Noah le fusille, non, l'assassine du regard.

— Noah, je crois que tu devrais rentrer ! Merci, chauffeur !

Il s'éloigne sans un mot. *Ouf*, du balai.

— Désolé, Ella, j'ai dû m'arrêter pour faire le plein. Y avait une queue d'enfer… J'achète les tickets, tu nous prends du pop-corn ?

— D'accord. Salé ?

— Ça marche.

Je le trouve crispé, ou alors c'est moi qui me fais des idées. Au moment de payer, je me dis que j'aurais peut-être dû choisir des friandises qui collent moins aux dents. Parce que si on s'embrasse… *Pff*, qu'est-ce que je suis inculte en matière de rendez-vous, je me fais peur !

— Qu'est-ce qu'il foutait là, Flynn ?

— C'est Flynn, quoi. Laisse tomber.

— Je ne savais pas que vous étiez potes.

— Lee était occupé, alors Noah m'a déposée. C'est tout.

On entre dans la salle déjà plongée dans le noir. Les premières publicités défilent sur l'écran. Je laisse Cody choisir nos places. Il évite la dernière rangée où des couples sont déjà pelotonnés ensemble et s'avance vers le milieu. Je ne sais pas ce que je dois en déduire.

— Tu veux qu'on mange après le ciné ? je murmure.

— J'ai déjà dîné… euh… mais si t'as envie…

— Non, non, pas grave !

— Chut ! lance quelqu'un derrière nous.

Je me blottis au fond de mon siège, le film commence. Est-ce que Cody tentera des manœuvres d'approche ? Son bras sur mon épaule ? Sa main sur ma cuisse ? Direct un baiser ?

Je suis incapable de dire si ce rendez-vous se déroule normalement ou non. Cody est arrivé en retard, il est poli mais ne bouge pas de son coin. J'ai peut-être lu trop de livres où il se passe des tas de trucs au premier rendez-vous. Ou alors, c'est que Cody est aussi nerveux que moi. C'est compréhensible vu la façon dont Flynn l'a accueilli… Je déteste Noah.

Fin du film, on ressort. Cody me branche sur le cinéma en général pour savoir ce que j'aime. Lui, c'est la science-fiction et les policiers. Moi, c'est films d'action et romances. En musique, pareil : on n'a rien en commun. Mais il continue d'être gentil. On discute jusque chez moi.

Il coupe le moteur, je déboucle ma ceinture, mais je reste encore un peu dans sa voiture. J'essaye de la jouer cool, comme dans les films.

— Bon. Merci, Cody. C'était sympa.

— Ouais. On pourrait recommencer, t'as toujours mon numéro ?

— Je me suis lavée mais je l'ai enregistré, oui !

Il me sourit, fixe ma bouche. Ça y est, c'est parti, mon Dieu, il va m'embrasser. Il se penche. Voilà ! Mon premier baiser se passera avec Cody Kennedy, un mec gentil, plutôt mignon, pas compliqué, mais sincèrement, je n'éprouve pas grand-chose pour lui. Qu'est-ce que je fais s'il m'embrasse avec la langue ? Je ne suis pas prête pour un french kiss. Pas du tout, même. Mais c'est en train d'arriver… Mon premier baiser !

Non, je me dégonfle au dernier moment, tourne la tête et l'embrasse sur la joue. Vite, je sors avant d'avoir trop honte, je cours jusqu'à ma porte et me réfugie à l'intérieur. Home sweet home.

T'es qu'une crétine, ma pauvre fille !

Cody ne me proposera sans doute pas un second rendez-vous. Quant à moi, je ne suis pas certaine d'en vouloir un autre.

J'éteins mon portable sans répondre aux messages de Lee qui insiste. Inutile de s'appesantir sur ma complète débandade. Heureusement que je ne suis que l'organisatrice du stand à bisous, et rien de plus, les baisers, ce n'est pas mon truc…

CHAPITRE 8

Le lendemain, je fais un rapide compte-rendu à Lee.

— Pas très fun ta soirée. Tu recommenceras ?

— On verra. Je dirai « oui » s'il me le redemande... *Aïe !* Pourquoi tu me tapes ?

— Parce que t'es trop gentille et qu'il est trop chiant !

— Il faut plus d'un rendez-vous pour apprendre à se connaître.

— T'es surtout trop polie, ma pauvre fille.

— Tu me trouves tellement carpette avec les mecs ?

— Pas avec Noah.

— Parce que c'est lui. Au fait, merci de m'avoir prévenue que tu ne viendrais pas, j'attends toujours ton texto.

— Ah oui, pardon. Vous ne vous êtes pas entre-tués ?

— J'ai failli l'étrangler. Si t'avais vu la tronche de ton frangin quand Cody est arrivé ! Noah est un grand maboul.

— T'es marrante quand tu t'énerves ! T'as eu des news de Cody ?

On est samedi après-midi, Cody fait le mort, rien de rien depuis hier soir.

— Il n'est pas intéressé, conclut Lee devant mon silence accablant.

— Qu'est-ce que tu en sais ? Il est peut-être juste occupé ou parti en week-end.

— Je te dis qu'il n'est pas intéressé. Crois-moi, je suis un mec comme lui. Je sais comment ça marche.

— OK, OK, c'est ma faute, je n'aurais pas dû tourner la tête…

— Arrête, bouffonne, s'embrasser n'est pas une obligation. Ça n'a pas collé entre vous deux. Fin de l'histoire.

— *Pfff*, les boules, lundi, quand je le reverrai au bahut… Et toi, ferme ta grande gueule, surtout avec ton frangin, pigé ? S'il te demande, tu dis que le courant n'est pas passé, rien de plus.

Je n'ose même pas imaginer comment Noah se roulerait par terre de rire en apprenant le désastre. On peut dire qu'il parvient à ses fins : je reste une grande célibataire.

Le week-end se passe pépère, on ne fait pas grand-chose, on se repose dans le gazon en regardant les nuages, on se passe quelques films, on pique une tête dans la piscine de Lee et j'essaye d'avancer – un peu – mes devoirs.

Lundi, je commence par chimie. Avec Cody qui n'a ni appelé ni envoyé de texto. En revanche, j'en ai reçu des tas en provenance des pipelettes qui voulaient savoir comment s'était passé mon rencard. J'ai répondu *OK*. À celles qui me demandaient si je reverrais Cody, *Je ne sais pas* et à la question *Tu l'as embrassé*, j'ai écrit *Non*. Comme ça, c'est clair.

Maintenant je dois affronter Cody et ça, c'est loin d'être clair dans ma tête. Si je raisonne, lui et moi, on ne s'aime pas, donc je devrais être soulagée : on est sur la même longueur d'onde, la rencontre post-rendez-vous devrait être banale, non ?

— Dommage ! fait quelqu'un dans mon dos.

— Salut, Dixon. Dommage pour quoi ?

— T'es à nouveau en pantalon ! J'adorais ta jupette !

— Très drôle.

— Au contraire, pas du tout ! Au fait, Ella, tout le monde parle de ton rencard avec Cody.

— Pourquoi ? Rien de spécial, vraiment.

— Si ! C'est le premier mec à avoir risqué sa peau pour sortir avec toi… Paraît que tu as refusé d'embrasser ce pauvre Cody.

— Hein ? C'est lui qui raconte ça à tout le monde ?

— Disons qu'il s'est fait un peu secouer, ça l'a aidé à raconter. Faut dire que votre rendez-vous, c'était du lourd, une sacrée big news ! Bref, tu ne l'as pas embrassé.

— Oui… Non… Je sais mais…

— T'inquiète, tu n'as pas à te justifier, Ella, mais prépare-toi, tu vas te faire matraquer de questions.

— D'accord. Merci, Dixon.

En effet, il avait raison parce que ensuite on me saute dessus. « C'est vrai que tu as refusé d'embrasser Cody ? Ella, pourquoi tu n'as pas embrassé Cody ? Dis, pourquoi ? » Cette avalanche de « pourquoi » me fait paniquer, du coup je bafouille que « je n'étais pas en forme et que c'était peut-être contagieux ». Quelle explication bidon. Je suis sûre qu'ils ont compris mais personne ne me fait de commentaire.

Quand j'arrive en salle de chimie, Cody est déjà installé. Il sourit, je m'assois près de lui.

— Salut Cody.

— Tu aurais dû me le dire que tu étais malade vendredi.

— Je ne voulais pas annuler… Désolée.

— Pas grave, répond-il avec un rire nerveux.

— Euh… Cody, je crois que…

— J'ai réfléchi et je…

— C'est mieux si on reste potes, toi et moi, hein ?

— Oui, pas de souci, c'est mieux.

On a l'air aussi soulagés l'un que l'autre.

— T'as fait tes devoirs ? Je suis restée coincée à l'exo 8.

Et voilà comment ma vie est redevenue (tristement) normale et sans romance.

Mercredi après-midi, on travaille sur notre stand, Lee et moi. Il fixe les lettres, j'accroche les décorations.

— On est venu me demander mille fois ce qui s'est passé entre Cody et toi, me dit-il de but en blanc.

— T'as réussi à tenir ta langue, j'espère.

— Oui ! J'ai rien lâché, même sous la torture ! Mais ton histoire de maladie, franchement…

— Je sais, c'était crétin.

— Les mecs sont persuadés que Noah l'a menacé… Ella, est-ce que mon frangin t'a déjà fait peur ? Pas comme Hulk, mais bon, il perd parfois les pédales quand il s'énerve.

— Je n'ai pas peur parce que je le connais. Il est… intimidant.

Soudain, Lee lâche son pinceau dans le pot de peinture rose, j'en ai partout, jusque dans les cheveux.

— Lee !

— Pardon !

Grrr ! J'attrape le pinceau en représailles, prête à le barbouiller, mais quelque chose de froid et mouillé atterrit sur ma figure. *Bordel !*

— Lee, t'es trop con.

— Shella, si tu voyais ta tronche ! On dirait une fraise Tagada !

J'attrape mon sac et je me barre.

— Ella ! C'était pour rire.

J'avais prévu une tenue de rechange dans mon casier parce qu'on était censés aller manger des hamburgers après. Hors de question que j'aie l'air d'un Picasso.

Les vestiaires, filles d'un côté, garçons de l'autre, sont au bout du couloir, je commence à déboutonner mon chemisier… Merde, ce n'était pas prévu, les joueurs de l'équipe de foot sortent de leurs vestiaires. Ils ralentissent en ouvrant des yeux ronds. Un premier rire éclate.

— Qu'est-ce qui t'est arrivé, Ella ? demande Jason.

— Lee tenait un pinceau. Ça t'aide à comprendre ?

Des regards appuyés traînent sur mon décolleté, je m'empresse de me couvrir avec la main.

— C'est bon, je suis décente ?

— Je payerais mon ticket pour venir te mater ! répond un des garçons.

Je m'éloigne en vitesse. Une main s'abat sur mon épaule.

— Hé !… Oh, Noah.

— Qu'est-ce que tu fous à moitié déshabillée dans le couloir ? gronde-t-il.

— Ça va, je ne suis pas non plus en petite culotte.

— Qu'est-ce qui s'est passé avec Cody ? Ta maladie, je n'y crois pas une seconde.

— Noah, tu n'as rien dit à personne, j'espère ?

— Je ne suis pas une commère. Alors ?

— Rien.

— Tu mens ! Je te connais trop bien, Rochelle, dis-moi la vérité.

Aïe, lui dire ou ne pas lui dire ? Je l'observe tout en soupesant mon dilemme. Lui est littéralement craquant dans sa tenue de foot qui souligne ses épaules, ses pectoraux, ses…

— Quand il a voulu m'embrasser, j'ai tourné la tête. J'ai été ridicule. Je lui ai fait un bisou sur la joue en partant. Il ne s'est rien passé d'autre.

— T'es sûre ?

— Mais oui ! Maintenant, je peux aller me laver, ou le procès n'est pas terminé ?

— Miss Rochelle Ronchon aujourd'hui ?!

— Tu ne l'as peut-être pas remarqué, mais je suis couverte de peinture rose comme la plus grosse fraise Tagada qu'on ait jamais vue. Alors, oui, miss Ronchon, Ducon.

Je le plante là et rentre enfin dans les vestiaires. Quand je me vois dans le miroir, je rigole tellement je suis pathétique.

Je frotte mais la peinture ne part pas, j'ouvre mon casier, pas de fringues de rechange. *Génial*. Au bout d'un quart d'heure à me récurer comme une dingue, je commence à revoir ma figure et la couleur de mes cheveux. J'entends la porte s'ouvrir, je suis en jeans et en soutien-gorge. C'est sûrement Lee.

— Hé, Rochelle, Lee part acheter de la bouffe avec ses potes, je te ramène ?

Encore et toujours Noah !

— Quoi ? je demande sans tourner la tête, tellement je suis rouge tomate.

— Je te ramène, Picasso ?

Mon Dieu, pourquoi faut-il toujours que je sois dans des situations impossibles ?

— OK, OK, je bafouille.

Je renfile mon chemisier en vitesse et attrape mon sac. Noah va encore me sermonner pendant le trajet.

— Ça avance votre stand ? me dit-il.

— Oui. Si Lee apprend à viser avec son pinceau, on devrait avoir fini pour vendredi.

— T'es pas mal en top-modèle pour impressionnistes !

— Oh ! Un compliment, où sont les micros ? Tu viendras à la kermesse ?

— Je suis un peu obligé, les profs nous bassinent chaque jour avec « l'esprit d'école ».

— Tu passeras au stand ?

— T'aimerais savoir, hein !

— Surtout les filles qui animeront le stand, oui ! Elles n'arrêtent pas de poser la question parce que embrasser Noah Flynn, c'est le rêve de ces dames !

— Ce n'est pas le tien ?

— Non !

— On verra. Je ne promets rien. Dis-leur que je passerai peut-être si elles insistent encore… Ce qui ne manquera pas d'arriver !

— Prétentieux.

On arrive au parking. Étrangement, Noah ne sort pas ses clés de sa poche.

— Elle est où, ta voiture ?

— Je suis à moto.

Rooooh, ces engins me foutent la trouille, voilà que je me retrouve en fraise Tagada et obligée de parader en ville à califourchon sur sa moto.

— T'auras ma mort sur la conscience.

— Commence par mettre ce casque, Rochelle !

— T'es dingue, et toi ? Tu n'en as pas deux ?

— Y a que les filles qui tombent !

— Pauv' débile, et si une voiture grille un feu ? T'es suicidaire ou quoi ?

— Tu t'inquiètes pour moi ? Allez viens, ma bécane ne te mordra pas.

— Elle, non, mais toi, peut-être, je marmonne.

Noah fourre mon sac sous la selle, s'installe dessus et fait rugir le moteur. Si je veux repasser par la maison avant de rejoindre Lee, je n'ai pas le choix. Le casque est trop grand pour moi, je resserre tant bien que mal la mentonnière. Noah m'aide à l'ajuster. Ça sent la citronnelle, comme son oreiller, j'aime bien.

— N'aie pas peur ! me dit-il avec son sourire magique.

Mon cœur manque un battement, j'adore sa fossette ! Heureusement qu'aujourd'hui je ne suis pas en jupe, c'est une galère de moins à gérer. Noah prend mes mains et les plaque sur sa taille pour que je m'agrippe. *Ouuuh !*

— Relax, Ella !

La moto bondit en avant, je resserre mon étreinte, terrifiée par ce qui va m'arriver. Le rire de Noah se mélange au bruit du moteur, il fonce. Je voudrais lui hurler de ralentir, mais le vent, la peur, la mentonnière m'en empêchent. Mes cheveux tourbillonnent dans mon dos, mon chemisier est plaqué contre mon corps, c'est fou.

Soudain, le paysage arrête de défiler, le bruit retombe, je suis devant chez moi. Noah me décramponne de lui, même mes jambes étaient collées aux siennes. Quand je redescends de sa bécane, j'ai l'impression d'être une guimauve flageolante. Noah détache la mentonnière, mes mains tremblent trop. J'ôte le casque.

— T'es un peu décoiffée, Rochelle !

Pire qu'un oisillon ébouriffé, ouais. Ça m'avait pris des heures ce matin pour lisser mes cheveux.

— Avoue que t'as aimé ton petit tour de moto !

— J'ai détesté.

— La vitesse, le vent, la liberté, tu n'as pas aimé ?

— Non.

— Et te serrer contre moi, tu n'as pas aimé !

— Non et non, arrête de te prendre pour un demi-dieu.

— *Hum*, un demi-dieu, je te plais alors ?

— Ne fais pas celui qui l'entend pour la première fois. Ce que tu peux être prétentieux, Noah.

— J'aime bien quand c'est toi qui me le dis !

— Prétentieux et con. C'est la dernière fois que je monte sur ta moto. Donne-moi mon sac.

— Tiens, miss Ronchon… Au fait, t'as un peu de peinture, là !

Sombre connard. Je rentre à la maison en claquant la porte derrière moi.

— Ella ? C'est toi ?

— Oui, papa.

— Oh ! Qu'est-ce qui t'est arrivé ?

— Une mauvaise rencontre avec un pinceau.

CHAPITRE 9

Vendredi, touche finale à la décoration du stand, on y passe notre heure de pause. Les filles n'ont qu'une seule question à la bouche : est-ce que Noah viendra ? Je réponds invariablement « peut-être, mais n'y comptez pas trop ». Je ne l'ai pas revu depuis mercredi, quand il m'a ramenée sur son bolide.

Samedi matin, Lee vient me chercher à huit heures tapantes. L'horreur. On s'arrête au Starbucks, j'ai besoin de caféine. Je suis tellement dans le potage que je commande un espresso machiatto en plus de mon café latte habituel. La kermesse commence à dix heures, mais on doit être au lycée une heure avant.

Les stands sont impressionnants, joliment décorés, il y a même un château gonflable avec une piscine à balles pour les plus petits. Le nôtre est près de la barbe à papa. Lee saute sur Rachel qui est avec lui en biologie. Je sais qu'il l'aime bien, il m'en parle tout le temps. C'est une fille sympa et drôle. J'espère pour lui que ça va marcher !

— Vous faites l'ouverture du kissing booth, tous les deux ? je leur demande.

Rachel rougit, Lee lève les yeux au ciel.

— Lee me proposait d'aller au ciné, répond-elle, gênée.

— Génial !

Je suis contente pour Lee, ça fait des mois qu'il n'a pas eu de copine. J'espère que Rachel comprendra la relation particulière qui existe entre nous deux. En général, c'est ce qui fait capoter ses affaires : la fille en a marre qu'il passe du temps avec moi, lui fatigue à la longue d'être obligé de se justifier, et *bing*, elle le largue.

Je les laisse en tête à tête. Plus qu'un quart d'heure avant le lancement officiel. J'en profite pour rejoindre Samantha et Lily, qui attendent avec Jason et Dave. Il manque encore Karen, Dana et Ash. Je leur rappelle les consignes :

— Salut. Vous assurez des permanences de trente minutes chacun.

Dana et Karen arrivent en courant, super mignonnes dans leurs robes rose et rouge.

— J'ai oublié mon gloss, se lamente Karen.

— J'en ai ! dit Lily.

— Pas de panique, j'ai tout prévu ! j'ajoute.

Je suis quand même responsable du stand !

— Ash et Dave, vous prenez le premier tour. Ensuite, Lily et Karen. Après, je vous envoie un texto pour le roulement, OK ?

— OK ! me répond-on en chœur.

Quand je ramène la troupe au stand, Rachel n'est plus là, Lee termine d'installer une corde pour former les files d'attente, filles d'un côté, garçons de l'autre.

Tyrone ouvre les portes de la kermesse, les premiers participants envahissent la cour. En moins de vingt minutes, une longue queue s'est formée devant notre stand. Lee et moi encaissons l'argent et vérifions que les bisous ne dégénèrent pas. En une heure, on a déjà récolté près de deux cents dollars !

— C'est complètement dingue ! s'exclame Lee. Je vais gagner mon pari contre Francis !

Son pote tient le stand de fléchettes sur ballons à eau.

— Du calme, il y a aussi la queue chez eux.

Mais Lee affiche un air triomphant en tapotant sa caisse. C'est vrai que notre stand connaît un succès fou, la musique plaît, les rires fusent, l'odeur de barbe à papa embaume et stimule ! On confie la caisse à Tyrone, le temps d'aller acheter des hot dogs, des sodas, et de la barbe à papa bien sûr, puisque Rachel travaille au stand ! Je suis presque obligée de traîner Lee par les cheveux pour qu'il revienne avec moi.

— Vous être trop mignons tous les deux !

— Je crois que c'est bien parti, oui ! me répond Lee. Reste plus qu'à trouver un mec qui osera venir me demander ta main en évitant les radars de Noah !

— Je finirai vieille fille !

— Et vierge !

— Lee, ferme-la !

La queue devant le stand à bisous est encore plus impressionnante, les filles rajoutent des couches de rouge à lèvres en attendant leur tour, les garçons discutent entre eux de leur choix. Soudain, Karen accourt, l'air horrifié.

— Un problème ? Avec qui ? demande aussitôt Lee.

— Je ne peux pas ! C'est impossible, il est là !

— Ton ex ?

— Oui. Je ne veux pas le voir.

— Mais on ne peut pas laisser Lily toute seule ! je m'exclame.

— Remplace-la au moins, jusqu'à ce qu'il reparte, répond Lee.

— Moi ? Mais… non, je…

Je n'ai jamais embrassé un garçon de ma vie !

— On n'a pas le choix, Ella, insiste-t-il.

Et voilà, encore mon jour de chance. Qui a dit que le stand à bisous était une idée géniale ?

— Ça te servira d'entraînement ! plaisante Lee.

Je suis trop stone pour répondre, j'ai l'impression de marcher vers l'échafaud. Karen me tend son rouge à lèvres. Il est rouge vif, pas vraiment mon style. Je ne suis même pas habillée pour jouer les hôtesses. Lily m'encourage puis appelle le suivant.

Et là, je vois le candidat. Ce n'est pas l'ex de Karen qui se présente, c'est Flynn. Mon cœur cherche à s'enfuir en cognant comme un dératé, mes yeux sortent de leurs orbites. C'est quoi ce coup fourré ? Karen est devenue folle ou quoi ?

— Au suivant ! crie à nouveau Lily.

Gloups, au suivant ? Noah entre et s'assoit en face de moi, parfaitement à l'aise.

— Depuis quand tu travailles au stand, toi ? me demande-t-il.

— Depuis que tu as envoyé Karen dans les pâquerettes. Arrête de me regarder comme ça, ce n'était pas prévu du tout, je ne suis pas habillée pour.

— Non, ça va.

— Ah ? Merci. Je ne pensais pas que tu viendrais et…

— Rochelle, je n'ai pas payé pour te parler, OK ? J'ai payé pour un baiser.

Ooooh, c'est une blague, il se moque encore de moi… Non, on dirait qu'il est sérieux. *Gloups*, je défaille déjà. Gros plan sur ses lèvres en approche. Je ferme les yeux, je revois Noah enroulé dans sa serviette de bain, sexy en diable, ou dans sa tenue de foot, quand il sortait des vestiaires… Le dieu du stade.

Top chrono, compte à rebours, on va s'embrasser.

Personne ne m'a forcée, c'est ça le pire, je peux encore dire non, mais je n'ai pas envie.

Noah s'avance encore, moi aussi.

J'espère avoir les dents propres, pas de restes de hot dog ou de barbe à papa. Bon Dieu, et si j'ai mauvaise haleine ?

Taratata, on se calme !

Mon premier baiser…

CHAPITRE 10

Quand nos lèvres se rencontrent, je trouve que les siennes ont un goût de menthe. J'oublie que je suis au stand à bisous et que je suis supposée détester Noah Flynn, j'oublie même que c'est mon premier baiser.

Je fais comme lui, j'embrasse. Quand sa langue vient chercher la mienne, je la laisse entrer. Notre baiser se prolonge. Je n'ai pas la moindre idée de ce qu'il faut faire : je suis le mouvement. On reprend notre souffle au même moment. Noah garde son front posé contre le mien.

— Putain, murmure-t-il.

Je ne sais pas si c'est un bon ou un mauvais « putain ». Des sifflets admiratifs éclatent autour de nous. Quelqu'un me tapote l'épaule, je sursaute.

— Euh… c'est bon, je reprends ma place, dit Karen.

Encore sonnée, je me lève comme un robot et m'en vais lentement, en état de choc. Pincez-moi, je rêve, je n'ai pas embrassé Noah Flynn pour de vrai ? Encore moins devant une foule de spectateurs ?

Mes lèvres picotent, c'est zarbi, mais agréable. J'ai encore le goût de la menthe dans la bouche. C'est surréaliste, je viens de vivre mon premier baiser et c'était loin d'être un petit bisou de rien du tout. Plutôt une grande scène d'opéra ! Moi qui croyais que ça ne m'arriverait jamais… Lee apparaît, le nez collé sur son portable.

— Je crois qu'il vient de se passer un gros truc avec ton frère, je bégaye.

— Quoi ? J'ai raté un épisode ?

— Oui, à force d'être scotché à ton écran.

— Ça ne t'embête pas si j'emmène Rachel au ciné ce soir ?

— Pas de problème, je trouverai quelqu'un pour me ramener.

Un essaim de nanas me fonce alors dessus. Elles veulent toutes savoir si c'est vrai : « Est-ce que tu viens d'embrasser Flynn au stand à bisous, sérieux ? »

Je soupire et leur explique le piège de Karen, oui avec la langue, non je ne savais pas qu'il viendrait, et oui c'était mon premier baiser. Évidemment, elles crèvent de jalousie et voudraient savoir si on est ensemble, lui et moi. Elles espèrent toutes que Flynn reste encore LE célibataire à prendre.

L'histoire du baiser se propage comme une traînée de poudre, on me montre du doigt, on chuchote sur mon passage.

— Tu veux vraiment sortir avec Noah ? me demande Lee, une fois que la journée est terminée et que la kermesse a fermé ses portes. Je croyais que t'avais fait une croix sur lui.

— C'est Noah, tu le sais bien.

— Non, je ne sais pas.

— Je le déteste… et je l'aime bien en même temps.

— Alors, ne fais rien si tu n'es pas sûre.

— Si je sors avec lui, ce qui est hautement improbable, et que ça se termine mal, cela ferait trop de dégâts entre toi et moi. Je refuse.

— Cent pour cent d'accord. Tu me manquerais.

— Toi aussi… un peu !

— N'empêche, ce serait tellement relou que tu sortes avec lui… Ton père te ramène ?

— Non, il fait déjà le taxi pour Brad et ses copains. Je trouverai quelqu'un d'autre.

On fait les comptes de la journée : six cent quatorze dollars récoltés au stand à bisous. Délirant !

Lee part avec Rachel, j'aide Joël à nettoyer. Il râle parce que lui aussi a perdu un pari contre mon ami. Il prétend que c'est à cause de mon baiser avec Noah qui a galvanisé tout le lycée ! J'éclate de rire.

On entend alors une petite toux. Noah nous regarde d'un œil noir. Joël s'éloigne en vitesse avec son balai.

— Lee m'a dit que tu n'avais personne pour te ramener.

Quoi ? Pourquoi mon meilleur ami est-il si con et si barge ?

— C'est vrai.

Qu'est-ce que je suis censée répondre, hein ?

— Stop ! T'es à moto ?

— Non, j'ai pris ma caisse vu que tu détestes la moto.

— Merci mon Dieu.

Je lui emboîte le pas, incapable d'articuler le moindre mot. Il y a eu un baiser entre nous, et pas petit, le baiser.

— On passe par chez moi si tu veux bien, mon père a acheté un jeu vidéo pour Brad. Je dois te le donner.

— Pas de problème.

Il démarre, débraye et commence à rouler. Le silence entre nous est pesant.

— Vous avez récolté combien finalement ? me demande-t-il.

— Six cent quatorze dollars.

— Joli !

— Oui, plus que la vente des hot dogs.

Je monte le volume de la radio pour meubler. Noah dodeline de la tête au rythme de la musique, le visage éclairé par le soleil couchant. J'imagine que le baiser ne compte pas, c'est un professionnel… Pourtant, lui aussi avait l'air un peu sonné tout à l'heure. Ou alors, c'était pour que j'aie l'air moins cruche ? C'est le grand méli-mélo dans ma tête, j'aimerais l'embrasser encore, pour vérifier… N'importe quoi ! *T'es folle, Ella, c'est Noah… tu le détestes.*

J'ai l'impression que le trajet dure une éternité, mon débat intérieur n'en finit pas, j'hésite, je cogite, je soupèse les options : encore un baiser pour être sûre qu'il s'en fiche, de moi, ou bien, au contraire, pour évaluer si je suis un peu plus que la meilleure amie de son frangin…

La voiture s'arrête. On est devant chez lui.

— J'entre avec toi pour prendre le jeu de Brad et je finirai à pied.

Il faut surtout que je sois seule pour me refroidir la tête.

Dans la cuisine, il farfouille sous une pile de jeux puis me tend la pochette. On est à quelques centimètres l'un de l'autre, et là, avant de comprendre ce que je suis en train de faire, je l'embrasse.

Oups. Je recule aussitôt, les joues en feu. Noah me regarde, choqué.

— Pardon… Désolée… C'est juste que… je… merde…

Noah me fait taire en attrapant mes lèvres avec les siennes. Toute résistance, toute tension s'envole, mes bras s'enroulent autour de son cou, j'oublie que je me suis ridiculisée, je l'embrasse à nouveau.

Ce baiser est un vrai feu d'artifice, je vous confirme ! Noah saisit mes hanches et me hisse sur le comptoir. Il continue de me couvrir de baisers tendres dans le cou, la nuque, sur les paupières, un pur délice.

Mon esprit s'éclaircit, je commence à réaliser ce qui nous arrive.

— Noah, je crois que… on devrait arrêter.

Il soupire. Son expression est indéfinissable. Je me sens obligée de me justifier.

— Je ne veux pas devenir un trophée de plus sur ton tableau de chasse, une de ces filles avec qui tu couches et que tu oublies dès le lendemain… je ne veux surtout pas perdre Lee.

— Tu crois que je suis vraiment comme ça ?

— Euh… oui… Non ?

— On va mettre les choses au clair, Rochelle. Combien de filles as-tu entendues dire qu'elles sortaient de mon lit ? Donne-moi le nom d'une seule nana qui voudrait sérieusement être en couple avec moi ?

Noah est un connard prétentieux mais pas un menteur, j'en suis certaine. Aucune fille n'a envie de sortir avec un mec trop sexy ou trop bagarreur, c'est sûr aussi, or Noah cumule les deux à la fois.

— Alors ? C'est plus limpide dans ta caboche ?

— Tu essayes de m'expliquer que si tu as la réputation du plus grand dragueur de tous les temps, ce n'est pas ta faute ?

— Exactement… Mais surtout, Ella, je ne te traiterai jamais comme ça, avoue-t-il, gêné.

— Je ne comprends toujours pas.

— Moi non plus ! Tout ce que je sais, c'est que j'ai encore envie de t'embrasser.

Oh, là, là, oh, là, là, ça se complique… Noah se penche doucement vers moi, ce qui me donnerait le temps de le repousser, mais je ne le fais pas. Au contraire, je le laisse m'embrasser pour la troisième fois de cette journée incroyable, moi, Ella, la fille qui n'avait encore jamais embrassé un seul garçon jusqu'à aujourd'hui. Je ne m'en lasse pas. Noah m'attrape sous les cuisses et me soulève du comptoir. Je ne sais pas si c'est une bonne idée, mais la douceur de ses lèvres éteint toute résistance de mon cerveau.

Je reprends conscience de ce qui m'arrive quand nous nous retrouvons tous les deux allongés sur une surface souple et moelleuse.

— Noah ! Non, Noah !

— Hum ? dit-il en grignotant mon oreille, ce qui envoie des ondes délicieuses à travers mon corps.

— On ne peut pas… Noah…

— Quoi ?

Il se recule enfin, je croise son œil à demi ouvert.

— Non, bien sûr, Ella… Je n'étais pas en train de…

— Désolée, Noah, mais je ne peux pas…

Je me relève en vitesse et rajuste mon T-shirt. Avec un peu de distance entre lui et moi, mon cerveau tourne plus rond. Mais d'un bond, il me plaque contre la porte qui se referme derrière moi. Coincée, Ella.

— Noah, non ! Toi et moi, on n'est pas faits l'un pour l'autre, on se dispute tout le temps et tu as le culot d'écarter les garçons qui s'intéressent à moi. Je ne suis pas un jouet que tu prends quand ça te chante.

— Je ne t'ai jamais considérée comme un jouet, Rochelle, soupire Noah.

— Monsieur le dragueur souhaite sortir officiellement avec moi ?

— À toi de me le dire.

— Tu m'énerves ! Tu es arrogant et prétentieux, tu es le grand frère de Lee, mais…

— Mais ?

— Notre baiser m'a retournée… Je ne sais pas quoi faire, mais je ne coucherai pas avec toi pour que tu me jettes demain.

— Tu veux la vérité, Ella ? Tu es la seule nana qui ne minaude pas avec moi, qui est vraie, nature, et pas une poupée en exhibition. J'adore. Ça me rend fou que tu me repousses, que tu ne tombes pas raide toute cuite à mes pieds. Je n'ai jamais vraiment cherché quelqu'un à cause de toi. Tu le savais ? Je ne pense qu'à toi.

Waouh.

Waouh !

Qui aurait cru que Rochelle Evans, la fille sans la moindre expérience en matière de garçons, serait celle qui chamboulerait le grand Noah Flynn ?

— Je peux savoir depuis combien de temps tu t'intéresses à moi ?

— Plusieurs mois.

— Je croyais que tu me prenais pour ta petite sœur.

— J'ai remarqué que je faisais rougir ma petite sœur !

— La semaine dernière encore, tu me traitais comme une sale gosse.

— Tu me repoussais... Ella, je n'ai pas l'habitude d'étaler mes sentiments, cette conversation est une torture.

— C'est vrai que tu me plais depuis longtemps !

Son visage s'éclaire comme s'il venait de gagner au loto. Il ferme les yeux, se penche sur moi, son souffle mentholé m'enveloppe, ses lèvres viennent caresser les miennes.

— Je ne veux pas que tu croies que je ne suis intéressé que par… ça, OK ? J'aime plein de choses chez toi : tu es drôle, innocente, différente, mignonne.

— Je croyais que tu me prenais pour la gamine pénible toujours fourrée dans tes pattes !

— Aussi !

Il prend mon visage en coupe, adorablement, et m'embrasse avec douceur. *Aïe*, moi, toujours aussi gauche, je me cogne une dent contre une des siennes.

— Pardon, Noah.

— On recommence !

On reste enfermés dans sa chambre à s'embrasser, discuter. Il me parle de ses inscriptions à l'université pour l'an prochain (il aimerait San Diego, la plus proche d'ici). On se dispute – un peu – sur nos préférences en matière de musique : moi, j'adore All Time Low, lui est un grand fan de Linkin Park. Le temps passe à toute allure, j'aime sa compagnie. Quand il m'embrasse, j'oublie tout, j'ai des papillons qui volent dans le ventre, mais quand on s'arrête et que je réfléchis, je ne sais pas où notre relation peut aller. Ce qui est certain, c'est que je suis bien avec lui, comme si c'était naturel… Le problème, c'est Lee.

— Peut-être que Lee n'a pas besoin de savoir ? suggère Noah.

— Je dois lui mentir ?

— Pas forcément… Tu peux ne pas lui en parler, jusqu'à ce qu'on trouve une solution.

En effet. Ne pas savoir ne lui fera aucun mal. Si ça ne marche pas entre Noah et moi, Lee sera resté en dehors, et rien ne changera entre lui et moi… Mais si ça roule entre Noah et moi, je serai obligée de lui en parler et là…

Noah pousse un gros soupir.

— Je t'avais dit qu'aucune fille ne voulait d'un mec à emmerdes comme moi.

— Mais si ! Tu me promets de ne rien dire à Lee ?

— Évidemment.

Et il m'attire à nouveau dans ses bras. Ses petits baisers sont doux et divins. Je me rends compte de l'heure sur son réveil : dîner dans vingt minutes, chez moi.

— *Aïe.* Il faut que je rentre… T'es mignon quand tu me regardes comme ça !

On dirait un cocker malheureux ! Je sors discrètement de sa chambre, descends l'escalier à pas de loup et passe par la cuisine pour récupérer le jeu vidéo de Brad. Au moment de sortir, une main s'abat sur mon épaule. Noah ! Je ne l'ai même pas entendu arriver.

— Tu es libre demain ?

— Euh… j'ai une tonne de devoirs, mais… je m'en fous !

— Parfait. Je trouverai un endroit tranquille où t'emmener.

Et voilà, en un jour, le grand désert de ma vie amoureuse s'est transformé en jardin d'Éden où folâtrer avec le plus sexy et désirable garçon du lycée, tout ça grâce au stand à bisous.

— Bye, Noah !

— *Hop, hop, hop,* je veux un vrai baiser d'au revoir !

— Non !

— Non ?

Il se penche tout de même, approche ses lèvres pour effleurer les miennes et les retire au dernier moment ! Grosse frustration.

— Salut, Rochelle !

Sur le chemin du retour, je souris aux anges. Le soir, je n'arrive pas à trouver le sommeil, tellement je repense à ma journée formidable. Pas de doute, Noah m'a toujours attirée, et ce n'était pas seulement physique… Mais je dois ménager Lee, mon meilleur ami.

J'ai dû m'endormir en souriant encore.

CHAPITRE 11

Lundi matin arrive bien trop vite à mon goût : c'est le retour au lycée. La bande de curieuses va me sauter dessus pour m'interroger, j'aurai droit à des regards pleins de jalousie.

On ne s'est pas retrouvés dimanche, Noah et moi, mais on a échangé par écrit. Son dernier texto d'avant-hier soir flotte encore dans ma tête comme une bulle de savon : *Sweet dreams, Ella*. Ça ne ressemble pas à Noah, mais j'adore !

J'entends une voiture se garer devant la maison, je file en criant au revoir à mon père et retrouve mon meilleur ami.

— Hello, hello, Lee !

— Salut, t'as l'air bien guillerette ! Je croyais que ça te gonflait de retourner au bahut à cause du baiser ?

— Pourquoi ne serais-je pas de bonne humeur ?

— Parce qu'on est lundi matin et que tu te lèves toujours du pied gauche, banane. Je te connais.

— Je suis de bonne humeur. Point.

— OK ! OK !

Effectivement, une brochette de nanas nous attend sur le parking. À croire qu'elles ne commenceront pas leur matinée sans une description détaillée du baiser.

— Laissez-la respirer ! lance Lee avant de m'abandonner à mon sort.

— Ella, tu as trop, trop de chance ! J'aurais tellement aimé être à ta place ! dit l'une.

— Tu devais être sur ton petit nuage ! dit une autre.

— Je n'arrive pas à le croire ! dit une troisième.

— Pas de problème avec Lee ? demande une plus futée que les autres.

— Bien sûr que non, Lee est mon meilleur ami ! je m'exclame.

— C'est quand même son frangin que tu as embrassé, commente Candice. Et c'était une pelle…

— Je sais, mais Lee me comprend.

— Tu as revu Flynn ?

— Tu es amoureuse de lui ?

— Moi, je tremble dès que je le vois !

— Moi aussi ! J'arrive à peine à le regarder dans les yeux !

— Ella est la seule fille qui peut lui parler.

— J'ai grandi avec Lee et Noah. C'est juste Noah, quoi.

— Juste Noah ? caquette le poulailler.

Pfff, elles commencent sérieusement à me fatiguer, j'ai besoin que ça s'arrête.

— OK, les filles, j'ai embrassé Noah, fin de l'histoire, début de la journée. Salut.

Et je cours rejoindre Lee qui est avec son groupe de potes.

— T'as l'air épuisée, Ella ! plaisante Lee.

— Ella, raconte ! Ella, trop de chance ! Oh my god, Ella ! imite Cam d'une voix de fausset.

— Stop, pas vous ! je gronde.

— T'inquiète, on préfère ne pas savoir, dit Dixon. Mais sérieux, tu sors avec lui ?

— Non.

— Cool.

— Pourquoi ? Tu es intéressé ? je réponds en plaisantant.

— Ça se pourrait bien !

— Envoyez l'ambulance, les mecs !

— Au fait, mes parents partent en week-end, dit Warren. Vous voyez ce que je veux dire ?

— Fiesta chez toi ! Génial ! hurle Lee.

— Du calme, je ne veux pas que tout le lycée se ramène. On reste entre nous. Ella, tu viendras ?

— Oui, mais ce sera sans alcool pour moi.

— *Argh*, je comptais sur ton numéro de nageuse-strip-teaseuse !

— T'inquiète pas, Ella, je veillerai sur toi, me dit Lee, avec sérieux.

— Tu seras trop occupé avec Rachel, mec ! se moque Oliver.

La cloche sonne le début des cours.

Dans la matinée, le proviseur vient nous féliciter pour la collecte exceptionnelle réalisée par le stand à bisous.

Tout au long de cette première journée post-kermesse, les commentaires et les sifflets continuent chaque fois que je croise quelqu'un, j'en ai ras le bol. Heureusement, ça se calme au fil de la semaine, le baiser étant remplacé par d'autres ragots.

Jeudi après les cours, j'ai rendez-vous chez Lee, c'est convenu entre nous. Mais quand j'arrive, sa mère m'annonce qu'il n'est pas là.

— Installe-toi pour l'attendre, Ella. Je sors faire une course.

— Merci, June.

J'envoie un texto à Lee. Ce gros débile me répond qu'il est avec Rachel et qu'il « ne savait pas que je venais ». Ben voyons, il m'a oubliée, cela ne lui ressemble pas. On dirait qu'il craque vraiment pour Rachel.

— Salut, Ella, Lee n'est pas là, lance Noah du haut de l'escalier.

Ah, je ne savais pas que Noah était ici. Il est en pantalon de sport et T-shirt blanc, rien d'exceptionnel, mais je trouve qu'il dégage un charme fou. Pourquoi ce mec est-il aussi top-modèle ? On s'est croisé des tas de fois cette semaine au lycée sans jamais se parler. J'avais commencé à me convaincre que le chapitre « Noah Flynn l'homme de ma vie » s'était refermé et qu'il resterait mon premier baiser, rien de plus. Mais non, il approche sans me quitter des yeux, me prend dans ses bras et m'embrasse longuement, tendrement, magnifiquement.

— Presque une semaine que j'attends ce moment, soupire-t-il.

Un frisson me parcourt l'échine, mes joues s'empourprent, j'essaye tout de même de rester zen, pour mon salut et pour celui de Lee.

— Tu crois qu'on a combien de temps ? murmure Noah.

— Une heure ! Ta mère est sortie et Lee est avec Rachel.

Il m'entraîne aussitôt vers sa chambre.

— Tu iras à la soirée de Warren ? demande-t-il soudain.

— Oui, et toi ?

— Aussi… Attention, Ella, pas de décolleté plongeant.

— Ah bon, pourquoi ?

— Tu n'imagines pas tout ce que les mecs ont raconté cette semaine.

— Euh… Si, j'ai un peu entendu.

Aïe, j'aurais dû tenir ma langue, Noah commence à s'énerver, ses yeux lancent des éclairs, ses sourcils se froncent, la petite veine de son cou se gonfle. Mauvais signes.

— Du calme, Noah, c'est juste un ramassis de bêtises.

— Tu me jures qu'ils n'ont pas essayé de t'approcher ou de…

— Je suis une grande fille. Arrête de jouer les gardes du corps.

— Je ne joue pas ! explose-t-il. J'essaye seulement d'empêcher ces abrutis de te faire du mal !

— Ils ne me font aucun mal ! je hurle à mon tour. Tout le monde n'est pas aussi…

— Aussi quoi ?

— Aussi brut que toi.

— Tu ne connais rien aux mecs, Rochelle : toi, tu crois leur parler normalement, mais eux, ils pensent que tu dragues, que tu es une fille facile, offerte sur un plateau et qu'il suffit de tendre la main pour te cueillir.

— Je ne flirte avec personne !

— C'est exactement de quoi je parle : tu ne le vois pas, tu ne sais pas comment ils interprètent ton comportement et cela va t'attirer des ennuis.

— Ce n'est pas une raison pour m'empêcher de vivre, dis-je en le repoussant à deux mains.

Noah me saisit le poignet et m'attire contre lui. Son baiser est à la fois enflammé, plein de colère et de tendresse. C'est fou ce renversement de situation qui nous fait basculer de la dispute à la passion. Ses mains se perdent dans mes cheveux, puis descendent le long de mon corps pour me soulever de terre et me poser sur le lit. Mon cerveau se met en pause quand il m'embrasse, toute pensée rationnelle s'envole.

— Ella, tu es canon, tu sais ça ?

Canon.

Pas sexy ou bonnasse, non, canon. Quand Lee ou mon père me disent que j'ai l'air cool avec mes fringues, c'est une chose, mais dans la bouche de Noah Flynn, c'est carrément autre chose !

— C'est juste que ça me rend fou d'entendre ces mecs parler de toi de cette manière. Je ne veux pas qu'il t'arrive de problèmes… Je tiens à toi, Ella.

— C'est agréable à entendre !

— Même quand c'est une brute épaisse qui te le dit ?

— Même !

— Une brute épaisse que tu aimes bien reluquer, si je ne me trompe !

— Prétentieux !

Il se jette à califourchon sur moi, me coince les bras en croix et recommence à me couvrir de baisers.

— Tu maintiens et je t'étouffe, Rochelle !

— Pitié ! Je retire !

On reprend notre séance de baisers tout doux quand un crissement de pneus nous fait sursauter.

— Merde ! s'exclame Noah en se précipitant à la fenêtre. C'est ma mère.

Je regarde la pendule, déjà une heure qu'on butine dans sa chambre. C'est dingue comme le temps file quand je suis avec lui.

— Je descends l'aider à rentrer ses courses, tu sors par la cour.

— D'accodac.

Ses yeux pétillent de malice.

— Quoi ?

— C'est rigolo d'être obligés de se cacher, non ?

— Noah, s'il te plaît, viens m'aider ! appelle sa mère d'en bas.

— Tout de suite, maman !

Il dépose un dernier petit baiser sur le bout de mon nez et descend en vitesse. Je le suis à pas de loup. Il m'adresse un clin d'œil comme signal de départ. *Hop,* je prends la poudre d'escampette.

C'est vrai que c'est drôle tout ce mystère, mais je me demande tout de même combien de temps cela durera entre lui et moi.

CHAPITRE 12

Vendredi soir, à 22 h 15, alors que Lee doit passer dans moins de trente minutes pour m'emmener à la soirée de Warren, je me débats encore avec ma garde-robe pour trouver une tenue. J'étais prête mais j'ai changé d'avis en me regardant dans la glace !

Si ça continue, je vais y aller en soutif.

J'ai oublié de m'épiler les jambes, alors ça limite mon choix. J'ai bien un haut noir, dos nu, avec des bretelles qui se croisent sur les épaules, mais il est particulièrement échancré, alors j'hésite.

Pfff, est-ce que c'est si important cette tenue ? Oui, quand même, j'aimerais vraiment avoir l'air bien… et ne pas déplaire à Noah.

Au diable toutes ces considérations, va pour le décolleté avec mon jeans bleu ciel ! Je me maquille en vitesse, je rassemble mes cheveux en queue-de-cheval. Mon portable sonne.

— Lee ? T'es déjà là ?

— Salut… Non, je suis désolé, ça t'embêterait si… euh…

— Crache ta Valda !

— Rachel m'a demandé si je pouvais passer la prendre. Sa copine ne vient plus alors…

— Donc tu veux larguer ta vieille chaussette !

— Non, je voulais juste te prévenir qu'elle serait là aussi. Jamais je t'abandonnerai, comment tu peux penser une chose pareille ?

— Déstresse, Lee ! Je demanderai à mon père de me déposer. Vous pourrez roucouler tranquilles, les amoureux.

— Ella, arrête, tu sais bien que…

— Lee, c'est bon, il n'y a aucun problème.

— Je demande à Noah, il n'est pas encore parti.

— Non ! Lee !

Trop tard, il est déjà en train de hurler sa question à son frère.

— Noah passe te prendre dans vingt minutes. Merci, Ella ! On se retrouve chez Warren.

Je raccroche en soupirant. Noah commencera par critiquer ma tenue, et les ragots redémarreront à fond les ballons quand on nous verra arriver ensemble.

Papa m'appelle, je descends. La voiture de Noah est déjà garée devant chez nous. Mon père s'inquiète que ce soit lui et pas Lee. Je le rassure.

— Pas d'alcool, n'est-ce pas, Rochelle, me dit-il.

— Promis.

Et je sors. Noah me regarde venir vers lui sans un mot, sans un sourire. *Aïe*, orage en vue.

— T'as vraiment rien écouté de ce que je t'ai dit, grogne-t-il.

— Non !

— Franchement, t'es obligée de t'habiller comme… comme…

— Comme quoi ?

— Regarde-toi, bordel ! Tu ne peux pas mettre un truc moins sexy ?

Noah Flynn me trouve sexy, j'en ai la tête qui tourne !

— Je ne vois pas ce qu'il y a de drôle, grogne-t-il.

— Encore une remarque de ta part et je retourne enfiler ma jupe la plus courte et un bandana sur les seins, OK !

Il monte en voiture puis claque sa portière comme une brute. J'en fais autant.

— T'es vraiment hyper sexy quand tu es fâchée, Ella !

Il se fout de ma gueule en plus. Oui, ce gros prétentieux se paye ma tête.

— Allez, Rochelle, arrête de bouder !

— Je ne comprends pas pourquoi tu fais autant d'histoires sur la manière dont je m'habille. C'est nouveau ça. J'ai eu des décolletés bien pires qu'aujourd'hui.

— Les mecs étaient moins après toi. Depuis Cody, ils s'imaginent que la voie est libre. J'avoue aussi que notre petite démonstration au stand a mis le feu aux poudres !

Conquérant, il pose sa main sur ma cuisse, puis éclate de rire.

Finalement, on se gare à bonne distance de la maison de Warren. Une fois entrée, je suis alpaguée par les pipelettes de service qui bavardent de tout et n'importe quoi. Je parviens enfin à situer Lee, très occupé avec Rachel. Du coup, je fais demi-tour et retourne me chercher un deuxième verre de Coca.

Les meubles du salon ont été poussés pour le transformer en piste de danse, les lumières sont tamisées, on se croirait sous la mer. Je rejoins les danseurs, j'aime l'air qui se joue.

Je danse en fermant les yeux, mais deux mains viennent se poser sur mes hanches. Ce sont celles de Patrick, un senior de l'équipe de foot.

— Salut, Patrick !

Il m'attrape par la main et m'entraîne avec lui.

— Eh ! On va où ?

— Respirer l'air frais.

Je trouve qu'il fait carrément froid dehors, je ne suis pas assez couverte. Patrick se colle à moi, « pour me réchauffer », dit-il. J'éclate de rire et tente d'écarter cette montagne de muscles. Soudain, je sens ses lèvres sur mon épaule. Qu'est-ce qui lui prend ? Il m'embrasse ensuite dans le cou, je le retiens à deux mains. J'aurais dû lui flanquer un bon coup de genou là où je pense, mais tant pis.

Comme Patrick est à moitié bourré, il manque de s'affaler, mais quelqu'un l'envoie mordre le gazon malgré tout. Noah, mon chaperon.

— Flynn, t'es chiant, pourquoi faut toujours que tu te mêles de tout ? beugle Patrick.

Vlan, le pauvre se prend un coup de poing dans la mâchoire. Un attroupement s'est formé. Noah fulmine et me tire par le bras vers la rue.

— Noah ! Noah, arrête, tu me fais mal !

Il desserre sa poigne. *Zut*, il m'énerve à la fin, je n'ai pas envie de rentrer, il est à peine vingt-deux heures. Je n'ai surtout pas envie d'expliquer à mon père ce qui vient de se passer. Noah déverrouille sa voiture.

— Monte.

— Non. Tu es violent et tu as bu.

— Merde ! Pas une goutte, Rochelle ! Tu me prends pour un alcoolo irresponsable ?

— Je veux rester ici.

— Tu dois partir avant qu'un autre tordu ne mette la main sur toi.

— Je m'en sortais très bien. Ce n'était pas la cata.

— « Ce n'était pas la cata » ?

— Tu réagis trop fort, Noah, comme toujours. Si tu crois que je vais me soumettre à tes diktats et tes…

— Monte dans cette putain de voiture, Rochelle.

Il frappe le capot avec le poing, je sursaute.

— S'il te plaît, ajoute-t-il.

Je monte.

— Merci, soupire-t-il.

— Tu n'étais pas obligé de t'énerver.

— Je suis désolé.

— Patrick était bourré. Il ne m'aurait rien fait de mal.

— Si.

— Il voulait juste prendre l'air.

— C'est ce qu'il t'a dit ?

— Euh… oui.

Noah se cogne la tête sur le volant en signe de profonde exaspération. Je suis un cas désespéré apparemment.

— Ella, tu penses sincèrement qu'il voulait prendre l'air ?

— Au début, je l'ai cru.

— Dans ta grande naïveté à propos des mecs, tu l'as cru, oui. Je me tue à te le répéter.

— La faute à qui ? Si tu n'avais pas installé une triple clôture de barbelés autour de moi, je ne serais pas aussi ignorante sur la question, espèce d'hypocrite.

Noah me regarde avec des yeux ronds, puis écrase ses lèvres sur les miennes.

— Affaire réglée ! conclut-il en démarrant. J'ai gagné.

— Tricheur !

Il appuie sur le champignon pour foncer dans les rues. Ses baisers m'intoxiquent, mais j'aurai ma revanche. On roule pendant une vingtaine de minutes avant qu'il finisse par s'arrêter devant chez lui, pas devant chez moi.

— La soirée n'est pas terminée, Ella !

— Et tes parents ?

— Partis.

J'hésite à rentrer à pied mais je décide de rester un peu avec Noah. Il m'ensorcelle. Je commence par me servir un verre d'eau à la cuisine.

— Tout va bien, Ella ?

— Oui, oui. Je n'ai pas bu d'alcool, rassure-toi.

Il me prend dans ses bras, soudain très câlin.

— Tu peux dormir dans la chambre d'amis, si tu veux, murmure-t-il.

Je ne sais pas, on verra. Ses baisers sont divins. Je tire sur son T-shirt pour le lui enlever.

— Rochelle… On n'est pas obligés de… J'attendrai.

J'ai toujours pensé que je serais engagée depuis longtemps dans une relation avec un garçon avant de coucher avec lui. Mais je suis si bien avec Noah que cela me paraît l'évidence : ce sera pour ce soir.

— J'en ai envie aussi.

CHAPITRE 13

Le lendemain matin, je me réveille dans des effluves de citronnelle. Une ondée de printemps rince les carreaux. Ma tête est posée sur un coussin qui monte et qui descend, des bras me tiennent bien au chaud. J'entends les battements d'un cœur. *Hum*, je n'ai pas envie de rompre le charme de ce moment si paisible.

Mais en ouvrant un œil, je découvre que je suis dans la chambre bordélique de Noah et je réalise toute l'horreur de ma situation.

J'ai couché avec le grand frère de Lee.

Si mon meilleur ami l'apprend, il tombera raide d'une crise cardiaque. Je tente de me dégager de l'étreinte de Noah sans le réveiller. Raté. Il remue.

— Bonjour, me dit-il.

— Je dois partir… si Lee me voit ici, il va…

— Je ne l'ai pas entendu rentrer hier soir.

Il faudrait que je vérifie si sa voiture est là. Je m'habille en vitesse. Bon Dieu, mais à quoi je pensais hier soir ? Quelques baisers, passent encore, mais ça. Ça ! Je n'ai pas pensé à Lee une seule seconde. J'aurais dû. Quelle trahison, Ella.

— Pourquoi tu es pressée ? me demande Noah en s'étirant paresseusement.

— Euh… je… c'est juste que…

— Ella ? Qu'est-ce qui t'arrive ?

— Rien.

— Tu regrettes ?

— Non, non.

— Ella ! Tu sais bien que je sais que tu mens. Tu regrettes ce qui s'est passé hier soir ?

— Ce n'est pas du regret, c'est juste que… j'ai peur. Si Lee le découvre, il va me détester. C'était fantastique hier soir, mais… je suis désolée.

— Ne t'excuse pas, me dit-il doucement. C'est moi qui devrais être désolé. Si tu décides qu'on ne doit plus coucher ensemble, c'est OK pour moi. Je ne veux pas qu'on arrête à cause de ça… Je tiens à toi, tu sais.

Moi aussi, je tiens à Noah. Un peu trop même. Et j'ai bien envie que ça dure, notre histoire.

— J'y vais, dis-je en l'embrassant.

Et je fais enfin ce que je dis !

Plus tard dans la journée, j'apprends que Lee n'a pas été chez Rachel, mais qu'il s'est écroulé sur un divan chez Warren. Trop d'alcool. J'ai préféré qu'on se parle seulement au téléphone, ça m'inquiétait qu'il remarque un changement chez moi. Je sais, c'est crétin, mais on ne se refait pas.

— Ella, tout va bien ? me demande Lee pour la énième fois. Paraît que Patrick t'a embêtée et que Noah est encore venu jouer les frangins.

— Oui, oui, impec.

Pourtant, après qu'on a raccroché, je reste longtemps à fixer mon plafond sans parvenir à m'endormir. Je mens à mon meilleur ami mais je ne vois pas comment lui avouer que j'ai couché avec son frère.

J'aimerais bien que ma mère soit encore là pour m'aider dans ces grands moments de dilemme existentiel. Elle me manque. Maman est morte bien trop jeune dans un accident de voiture, quand Brad avait trois ans. J'ai franchi beaucoup d'étapes toute seule : mes premières règles, mon premier soutien-gorge. Avec papa, ce n'est pas pareil, comment lui parler de tous ces trucs de filles ? Quant à Lee, sur ce coup-là, c'est raté…

Je dois garder mes questions et mes doutes pour moi. C'est la faute de Noah tout ça !

CHAPITRE 14

Lundi matin, Lee ne semble rien remarquer de spécial, tant mieux. On peut dire que je suis chanceuse, il a complètement la tête dans les nuages : il ne parle que de Rachel, qui est si drôle, sympa, mignonne, douce, intelligente et patati et patata.

Jusqu'à ce qu'on arrive au lycée, tout est pile-poil comme il faut. Ça se gâte à l'arrivée avec une première question de Jaime :

— Pourquoi tu es partie si vite, vendredi soir ?

— Bah… parce que.

— À cause de Flynn ? Patrick t'a embrassée ? Il prétend que non, mais il était tellement bourré. Paraît que Flynn était super en pétard.

— Un taureau dans une arène, ouais ! dit Olivia en sortant de nulle part. J'ai tout vu. Il a carrément envoyé Patrick valser à deux mètres.

— Mais non… Patrick ne m'a pas embrassée en plus.

— Alors pourquoi Flynn a surréagi ?

— Patrick aurait une côte cassée, dit Candice.

Merde, mais d'où sortent toutes ces bavardes ?

— Tu es sérieuse, Candice ? je demande. Patrick va bien ?

— Je ne sais pas, ses potes l'ont emmené à l'hôpital vendredi soir.

Je déglutis péniblement. Une côte cassée. Bon sang.

— Allô, la Terre, Ella ! s'exclame Jaime en claquant ses doigts sous mon nez.

— Hein ? Pardon !

— Flynn t'a ramenée chez toi, Ella ? demande Karen.

— Oui, c'est ça. Je crois qu'après, il est retourné à la soirée.

Hum, je ne suis pas très forte en impro…

— Non, tranche Olivia. Je l'aurais remarqué.

— Ah. Bon, salut, je vais voir si je trouve Patrick.

Je croise d'abord Joël qui me pose la question du jour à propos de Noah. Je parviens quand même à apprendre que Patrick n'est pas resté à l'hôpital, il viendra en cours aujourd'hui. Du coup, je retourne au parking pour attraper Noah. Il est appuyé contre un arbre, une cigarette à la bouche, en train de pianoter sur son portable.

— Noah ! Tu lui as cassé une côte ! dis-je en ponctuant chacun de mes mots d'un coup de poing dans ses pectoraux.

— De qui tu parles ?

Noah n'est même pas ébranlé, agacé tout au plus comme si je n'étais qu'un moustique tournicotant autour de lui.

— De Patrick ! Il a dû aller à l'hôpital.

— Ouais ! Il paraît.

— Tu te rends compte s'il porte plainte contre toi ?

— Il ne le fera pas.

— Il n'avait rien fait ! Tu lui as cassé une côte sans raison, comment peux-tu rigoler ?

— Sans raison ? Dans tes rêves, oui ! Ce mec bavait sur toi, tout le monde l'a vu.

— Il était bourré.

— Je m'en fous. Il mérite ce qui lui est arrivé.

— Il ne pourra plus jouer au foot pendant plusieurs semaines à cause de toi.

— Comme ça il se souviendra de la leçon. Pourquoi tu en fais un fromage, Rochelle ?

Noah m'attrape les poignets pour que j'arrête de le bourrer de coups de poing. J'essaye de me libérer, mais il serre trop. Mes cris ont attiré les curieux.

— Ella, ça suffit. Du calme tous les deux, intervient Lee.

— Me calmer alors que ton frère a défoncé Patrick ? Y a un gros problème là !

— Je n'ai pas dit qu'il n'y avait pas de problème, j'ai dit « du calme, Ella ».

OK, il a raison. Noah me lâche les mains.

— Je te déteste, Noah Flynn, tu sais ça ?

— Ouais, je sais.

Son regard me transperce, mon cœur fait un salto arrière.

Ella, du cran, ne fonds pas comme une guimauve au soleil, ce mec t'énerve, tu te souviens ?

Je repars avec Lee avant de me ridiculiser davantage.

— J'ai cru que t'allais zigouiller mon frangin !

— Pas loin. Il me rend DINGUE. Merde, une côte cassée, quand même.

— Tout le monde le dit, mais attendons la version de Patrick. Je ne sais pas pourquoi Noah pète des câbles comme ça.

— Pire qu'un garde du corps, je n'en peux plus. Et toi, ne me dis pas que je suis trop gentille ou je fais un malheur.

Lee pousse un gros soupir.

— Je lui parlerai, d'accord ? Je lui demanderai de relâcher la pression.

— Ça ne servira à rien, mais merci quand même.

J'adore Lee, il sait toujours trouver les mots pour me calmer. Et son optimisme est communicatif, je me sens déjà beaucoup mieux. Mon meilleur ami est l'opposé de son connard de frangin… qui est tellement sexy et craquant.

Vous me trouverez sûrement dégonflée, mais je préfère rester à la bibliothèque pendant le déjeuner. J'en ai trop marre des questions qu'on n'arrête pas de me poser. J'ai même pensé rentrer chez moi au lieu d'aller en cours l'après-midi. Lee m'a tenu compagnie, bien sûr.

J'ai fini par ressortir de ma planque et, pour une fois, mon karma était bien disposé, je n'ai croisé ni Noah ni les pipelettes. Le cours de chimie s'est traîné en longueur mais sans problème. Comme Lee finit un quart d'heure après moi, je vais l'attendre près de sa voiture.

Alors que je joue avec mon portable, j'entends des pas qui approchent.

— Salut, Ella.

— Oh ? Salut, Patrick… Comment va ta côte ?

— Pas si mal que ça. Juste quelques bleus, mais ma mère a insisté pour que j'aille à l'hôpital consulter un médecin. Elle est un peu parano.

— *Ouf !* Tant mieux… Enfin, je veux dire, tant mieux que ce ne soit pas si grave. Je suis désolée pour ce qui s'est passé, je ne voulais pas que…

— Ella, c'est moi qui suis désolé. C'est entièrement ma faute. Je suis venu m'excuser mais je ne t'ai pas trouvée à midi. Je n'aurais jamais dû me comporter comme je l'ai fait.

— Merci. Mais Noah n'aurait pas dû s'énerver et…

— Flynn sera toujours Flynn, tu n'y es pour rien.

Quelqu'un s'éclaircit la gorge près de nous. Quand on parle du loup… C'est Noah, mais je l'ignore et poursuis avec Patrick qui fait de son mieux.

— J'espère que tu reprendras l'entraînement rapidement.

— Merci, Ella. Encore désolé. Salut.

Je reprends volontairement mon jeu sur le portable pour ne pas parler à Noah. Je sens son regard posé sur moi.

— Qu'est-ce qu'il voulait ?

— S'excuser.

— C'est tout ? Juste s'excuser ?

— Oui, monsieur le grand malade, alors que c'est toi qui devrais présenter tes excuses pour l'avoir envoyé à l'hôpital.

— Ne recommence pas.

— Recommencer quoi ?

— À t'énerver, parce que tu es vraiment trop bandante quand tu piques une crise de nerfs.

— Dégage, Noah.

Où est Lee ? Le parking est presque vide, les cours sont finis. Je l'aperçois près de la voiture de Rachel en train de roucouler.

— Tu peux rentrer avec moi ! Lee en a pour dix plombes, tu le sais bien. Je te donne trente secondes pour te décider... *Tic, tac*...

Grrr, le pire c'est qu'il a raison, Lee est un grand romantique qui baratine pendant des heures.

— *Tic, tac !*

— En voiture ou à moto ?

— Moto.

— Non !

— Tu aimes la moto, Rochelle : ça te donne une bonne excuse pour te coller contre moi !

Non, non et non. Il faudrait que je sois poursuivie par une horde de ninjas et que son engin de malheur soit la seule solution de m'échapper.

— Ella, arrête d'être fâchée.

— Je ne suis pas fâchée… enfin, si, un peu, parce que tu as été violent avec Patrick. Mais sinon, je ne le suis pas du tout pour le reste… pour l'autre nuit.

— Tu m'as évité toute la journée, tu m'en veux, je le vois bien.

— Je m'inquiète à cause de Lee et aussi parce que… je ne veux pas que tu m'oublies maintenant qu'on a… tu sais.

— Ella, je croyais que j'avais été clair samedi matin : je ne cherche pas seulement à coucher avec toi.

Il est sincère, je le vois dans ses yeux.

— D'accord.

— Je te ramène ? Je peux même te déposer directement chez toi sans m'arrêter chez moi !

— Noah ! Je ne monterai pas sur ta moto.

— OK ! OK !

— Et tu n'aurais pas dû frapper Patrick.

— Je sais.

Ah, enfin. Son demi-sourire d'excuses est adorable, ses prunelles bleues me transpercent, mais je reste droite dans mes bottes : je ne craque pas.

— Je suis désolé, Ella.

— On progresse. Salut, Noah, rentre bien !

Il hésite, puis s'en va. Je crois même que je l'entends rigoler un peu. Une petite voix me souffle que je ne serais pas dans toute cette panade s'il n'y avait pas eu ce baiser au stand à bisous.

CHAPITRE 15

Week-end en vue, c'est chouette. Je n'ai plus reparlé à Noah, on s'est juste croisés dans les couloirs du lycée ou à la cafète à midi.

Joli début de soirée vendredi, avec le soleil couchant, le ciel est rose, on dirait une carte postale. Les garçons ont organisé un concours de bombes dans la piscine, à celui qui fera le plus gros *splatch*. Des trucs de mecs, quoi.

Moi, je me repose sur une chaise longue en écoutant Rachel et Lisa qui discutent shopping. C'est vrai qu'à vingt et une heures, ce n'est plus trop l'heure des bains de soleil en bikini, mais c'est agréable de rester là.

— Les filles, vous venez ? appelle Oliver.

— Plus tard, je réponds.

— Pas envie, répond Lisa.

— Je n'ai pas envie de me remouiller les cheveux, répond Rachel.

Oliver replonge en nous laissant tranquilles.

— Ella, il se passe quoi entre Noah et toi ? demande Rachel.

— Rien.

— Tu es tellement normale avec lui. C'est bizarre. Et il te surprotège en permanence.

— C'est sa nature.

— Vous feriez un beau couple ! s'exclame Lisa.

— Ah ! On se dispute tellement qu'on finirait par s'empoisonner à l'arsenic, oui !

Elles reprennent leur discussion chiffons, je referme les yeux en savourant ma musique. Soudain, je sens qu'on m'attrape les poignets et les chevilles. Lee, Dixon et Warren, très contents de leur petit jeu, me soulèvent pour me balancer dans la piscine.

— Lâchez-moi ! Arrêtez ! Lee ! Non !

— Et si, Ella !

— À la une ! À la deux ! À la trois !

Splatch ! J'atterris dans la piscine au milieu des hurlements de rire de ces crétins. L'eau est glacée.

— Je vous déteste !

Je me dépêche de nager vers l'échelle pour ressortir, mais Warren ne l'entend pas de cette oreille.

— Non Ella, pas déjà !

Et il m'enfonce la tête sous l'eau. Je me débats, puis je sens qu'il me lâche, j'en profite pour remonter en vitesse les trois barreaux de l'échelle. Et là, stupeur, on me regarde avec des yeux ronds, tétanisés. Je me rends compte alors avec horreur que mon haut de maillot de bain est resté dans la main gauche de Warren. Noah fronce les sourcils.

Mon Dieu. Je me cache la poitrine tant bien que mal. Je crève de froid mais j'ai les joues cramoisies de honte. Lee éclate de rire. Le traître. Les autres, qui se retenaient, explosent aussi.

— Je suis désolé, Ella, je ne l'ai pas fait exprès, dit Warren qui barbote, mal à l'aise.

— Tu n'es qu'un crétin, je te déteste officiellement.

— Tu veux ton maillot de bain ?

— Je n'ai pas trois mains, gros blaireau.

— Oh, pardon !

Warren le lance à mes pieds, où il atterrit avec un petit *splatch*. Oliver plonge pour aller faire boire la tasse à Warren.

— Merci, Oliver ! je m'exclame. Je m'occuperai de lui plus tard, ma vengeance sera terrible.

— La vengeance de Flynn sera terrible ! marmonne Dixon.

Aïe. Bien sûr. Je lui fais les gros yeux en passant près de lui. Je dois d'abord aller me rhabiller. Heureusement que les parents des frères Flynn ne sont pas là, cela aurait été hyper gênant de traverser le salon en me cachant les seins. Je monte en vitesse dans la chambre de Lee pour lui piquer un T-shirt. Il est un peu grand, tant pis.

On toque discrètement à la porte, c'est Noah.

— Ne me dis pas que tu lui as défoncé trois côtes ?

— Non. Il a compris quand même.

— Quoi ? Noah, tu lui as fait quoi ? Au secours, je vis dans une quatrième dimension.

— C'est bon, Ella, je ne l'ai pas touché. Et puis, je reconnais que c'était un accident, il ne l'a pas fait exprès.

— *Ouf.*

J'aperçois alors l'élastique de son boxer Superman qui dépasse au-dessus de son jeans.

— Oh, Superman est de retour, on dirait ! Imagine où irait ta réputation si ça se savait !

— Du chantage ?

Je lui lance un petit coup d'œil en sortant, Noah m'attrape à la vitesse d'un chat sautant sur une souris et me pousse dans sa chambre. *Coincée par le matou, Ella.* Son souffle chaud me chatouille le visage.

— Tu es parfois trop irrésistible, petite Ella, murmure-t-il en me caressant des lèvres.

Un frisson me parcourt de haut en bas. Ses lèvres descendent lentement le long de ma mâchoire, cajoleuses, ensorceleuses. C'est moi qui craque la première en les attrapant pour les embrasser. *Hummmm...*

— Tu es sublime, Ella, tu sais ça ?

Mon cœur fait *boum-boum-boum*.

— Et j'adore te faire rougir !

— Chut !

— Redescends avant que quelqu'un se demande où tu es passée.

— Ou que Lee s'imagine qu'on est en train de s'entre-tuer !

Mais il ne recule pas. Son pouce continue de caresser ma joue, je continue de me perdre au fond de ses prunelles bleues, de découvrir ses taches de rousseur sur le haut de sa pommette, un tas de petits détails que je ne connaissais pas.

— Noah...

— Oui ?

— Il faudrait que je descende.

On soupire en même temps. Je serais bien restée une éternité comme ça, enfermée avec lui dans sa chambre. Ma joue picote là où il me caressait, j'ai encore le goût de ses lèvres sur les miennes. Quelle déchirure.

Quand je retrouve les filles, elles me demandent si j'ai vu Noah. Je mens en disant que non. Lisa glousse en me racontant la tête que tirait Warren. Rachel a même pris une photo de lui au pire moment avec son téléphone portable, elle me la montre.

Je suis soulagée, personne ne se doute de quoi que ce soit pour Noah et moi. Je peux profiter de ce vendredi soir entre potes.

CHAPITRE 16

Entre les évaluations et la tonne de devoirs que les profs déversent sur nos têtes, les deux semaines suivantes filent à la vitesse de l'éclair. Je passe mes rares moments de liberté avec Lee, ou avec Noah quand Lee est occupé ailleurs. On n'a pas souvent l'occasion de se retrouver seuls, Noah et moi, parce que nos maisons respectives sont rarement vides. Mais un samedi soir après le ciné, c'était sympa, on a discuté longtemps dans sa voiture.

Mentir à mon père ou à Lee continue de me mettre mal à l'aise, je n'assume pas trop.

Ce dimanche soir est tranquille, je suis assise dans le garage chez les Flynn, Noah bidouille le moteur de sa moto. La porte est entrouverte, mais pas suffisamment pour qu'on nous voie de l'extérieur.

— Passe-moi la clé à molette sur l'étagère, s'il te plaît, me demande Noah.

Je n'y connais rien en mécanique, je ne sais même pas ce que Noah est en train de faire. Je grimpe sur le banc en croisant les doigts pour ne pas rencontrer trop d'araignées. Et *bing*, je me cogne la tête.

— *Ouille !*

Je perds l'équilibre puis bascule en arrière en lâchant la clé. Des étoiles dansent dans mes yeux, une douleur m'élance sur le crâne et ça me pique très fort sur la joue.

— Merde ! s'écrie Noah en s'accroupissant près de moi.

J'ai un goût de sang dans la bouche, je crois que je me suis mordu la langue pour couronner le tout.

— Ella ? Tu te sens comment ?

— *Aïe !* J'ai mal !

— Tu as une belle éraflure sur la pommette. Il vaut mieux la nettoyer, ça pourrait s'infecter.

Noah m'aide à me relever. Je me laisse faire, pour une fois je suis très heureuse qu'il s'occupe de moi ! Il me conduit dans sa chambre.

Je m'assois sur son lit en attendant qu'il revienne avec la trousse à pharmacie.

— Attention, ça va piquer, me dit-il en soulevant mon menton.

— *Ouuuuuuille !*

— Désolé, Ella.

— Ce n'est pas ta faute.

— Je n'aurais pas dû te demander la clé à molette.

— Arrête ! Je suis maladroite, ce n'est pas nouveau… Depuis quand tu es docteur, toi !

— À force de revenir avec des gnons quand je me bagarrais à l'école. Je préférais me débrouiller tout seul.

— Oh.

— Vas-y, dis-le, que je suis une brute et que la violence ne sert à rien.

— C'est vrai, la violence ne résout rien. Pourquoi tu te bagarres autant, Noah ? Je t'ai vu souvent faire, ce n'est vraiment pas une…

— OK, tu as raison. Je suis un crétin.

— Oh ! Le grand Noah Flynn reconnaît que j'ai raison ?

— Oui. C'est ton quart d'heure de gloire.

— Je suis sérieuse, Noah.

— Moi aussi. Je ne devrais pas mais c'est plus fort que moi. Tu te souviens l'été où tu es partie avec Lee en Summer Camp ? Vous aviez treize ans. Tu es revenue en disant que les cheesecakes étaient à tomber.

— Oui, et alors ?

Je n'en reviens pas qu'il s'en souvienne, moi j'avais presque oublié.

— J'ai commencé cette année-là. Mes parents m'ont envoyé chez plusieurs psys, mais le truc, c'est que… je suis un cas désespéré. Un bad boy. Ça cloche dans mes neurones.

J'adore ces rares moments où Noah se livre et me laisse toucher du doigt son côté vulnérable.

— Tu es mignon quand tu as l'air embarrassé !

— Et d'un, je ne le suis pas ! Et de deux, ne dis pas que je suis mignon !

Sa fossette magique réapparaît. J'éclate de rire, mais j'arrête bien vite, ça me fait trop mal à la joue. Noah dépose un baiser très léger dessus. Je tends l'autre joue pour qu'il continue – on dirait que j'ai cinq ans. Il me regarde avec douceur. *Oh, là, là, Ella, c'est en train de déraper avec docteur Noah, tellement craquant.*

— J'ai mal ici, dis-je en lui montrant mes lèvres.

Noah sourit de ce sourire qui me renverse, il se penche… *Vlan*, la porte s'ouvre.

— Qu'est-ce qui…

Lee est là. Noah saute sur ses pieds comme un gamin pris en faute, je blêmis.

— Je répète : qu'est-ce qui se passe ici ? gronde Lee.

Ses yeux vont de Noah à moi.

— Ella ! Ta joue ! Bon Dieu, Noah, c'est toi ?

— T'as dit quoi, là ?

— T'es sourd comme un pot ? C'est toi qui as frappé Ella ?

— Tu penses vraiment que j'ai frappé Ella ?

— Avec toi, on ne sait jamais, putain. D'ailleurs, qu'est-ce que vous faisiez tout seuls ?

Lee ne jure jamais sauf quand il est très, très fâché. Je suis tellement sous le choc que je n'arrive pas à articuler le moindre mot.

— Va te faire foutre, p'tit frère.

On dirait deux taureaux sur le point de charger, je retrouve mes esprits.

— C'est bon, Lee, je…

— Non, c'est pas bon ! hurle-t-il. Tu as vu ta tête ? Noah, réponds-moi, qu'est-ce qui s'est passé ?

— Ella te cherchait, elle s'est cognée dans le garage. Pas de quoi en faire un fromage.

— Ce n'est pas sa faute, j'ajoute d'une petite voix, mais Lee n'entend rien.

— Et toi, tu l'as regardée tomber ? Si tu rangeais ta quincaillerie dans ce foutu garage, ça n'arriverait pas.

— Elle est trop maladroite, mes pouvoirs sont limités !

— C'est ta faute, c'est bien ce que je disais.

Je m'interpose, c'est en train de dégénérer entre les deux frangins.

— Noah, stop ! Noah, regarde-moi, arrête !

Il cesse de trucider son frère de ses yeux revolver et me regarde.

— Jamais je ne te ferai du mal, Ella. J'aurais voulu t'éviter de tomber, tu le sais bien.

— Oui, Noah, mais ne te bats pas avec Lee, s'il te plaît, il est juste inquiet pour moi, OK ?

On dirait un fauve prêt à bondir. Il recule enfin. Je pousse Lee hors de la chambre de Noah et nous allons nous enfermer dans la sienne.

— *Waouh,* Ella-super-championne, s'exclame Lee. Je n'ai jamais vu quelqu'un réussir à le calmer. C'était… ouf. Surtout que d'habitude vous vous hurlez dessus.

— Ce qui compte, c'est que tu ne sois pas en train d'étriper ton frère, je soupire.

— Maintenant, dis-moi ce qui est arrivé, Ella. Pourquoi tu saignes ?

Je bafouille une mauvaise excuse tout en me détestant de mentir à mon meilleur ami. Comment lui raconter la vérité ? *Je sors avec ton frangin depuis des semaines, on se retrouve dès que tu as le dos tourné, c'est le grand pied.*

Non, ce n'est pas moment.

— Donc, ce n'est pas sa faute, conclut Lee.

— Tu croyais vraiment qu'il m'avait frappée ?

— Disons que j'ai cru qu'il avait perdu les pédales et que tu t'étais retrouvée sur la trajectoire de son poing, oui.

— Jamais ton frère ne lèverait la main sur moi, Lee. Noah sait s'arrêter à temps.

— Je l'espère…

— J'en suis certaine.

— Tu le défends maintenant ?

— Tu es fatigant, Lee. C'est quoi ton problème ?

— Mes parents ne me lâchent plus depuis que j'ai foiré mes derniers contrôles. Ils trouvent que je passe trop de temps avec Rachel. Ça me stresse… Ne change pas de sujet, Ella ! Vous êtes comme les deux doigts de la main, toi et Noah ?

Oups, mon cœur s'emballe, Lee aurait-il des soupçons ? Je fais quoi, moi ? Il faudra bien qu'il sache un jour… Non, mais pas maintenant, il va me détester… oui, mais moins que s'il l'apprend plus tard.

— Lee, je…

— Ella ?

Argh, mauvais timing, Noah. J'étais pourtant lancée…

— Qu'est-ce que tu lui veux ? répond Lee, hargneux.

— Ella, je peux te parler en privé, s'il te plaît ? insiste Noah en ignorant son frère.

Penaude et embarrassée pour Lee, je ressors de sa chambre pour retourner dans celle de Noah. Il est soucieux, carrément mal à l'aise.

— J'ai réfléchi, Ella… Si tu en as marre de moi… Si tu veux arrêter… Bref, si tu ne veux plus qu'on se voie…

Qu'est-ce qui lui prend ?

— Pourquoi j'en aurais marre de toi ?

— Parce que je suis violent. Lee pense carrément que je t'ai frappée, alors… je comprendrais, quoi.

Je suis sans voix.

— Ella, avoue que je n'ai rien du petit copain idéal ! Mais jamais, jamais, je ne te ferai du mal. Je le jure.

— Je le sais très bien, Noah.

— Mais si tu veux quand même arrêter…

— Je ne veux pas !

Noah se détend, m'attrape dans ses bras et pose son front contre le mien.

— J'ai une mauvaise influence sur toi, Ella, murmure-t-il, voilà que tu prends des décisions stupides !

— Ah ouais ?

— Ouais ! Allez, retourne rassurer mon petit frère avant qu'il ne crie au meurtre !

Lee n'est pas planqué derrière la porte pour écouter, mais bien sagement assis sur son lit.

— Qu'est-ce qu'il te voulait ?

J'élude sans entrer dans les détails. Est-ce que Lee va encore gober mes salades ?

— Ma meilleure amie et mon frangin seraient devenus fous amoureux ? conclut-il.

— N'importe quoi.

Mais je n'en mène pas large… Amoureuse de Noah Flynn, moi ?

Euh… exact.

Quand j'explique à mon père que je suis tombée dans le garage des Flynn, il pousse un gros soupir.

— Tu es pire que ta mère, Rochelle. Je me souviens encore quand elle est tombée dans l'escalier mécanique.

Au lycée, aucun problème, personne ne doute de mon histoire. Une chute dans un garage, quoi de plus banal. Sauf que ma relation avec Noah est truffée de mensonges, je déteste ça.

À midi, à la cafète, alors que j'attends Lee et ses potes, ma table se retrouve prise d'assaut par les pipelettes. Jaime dégaine la première :

— Alors, et Flynn ?

— Il est avec quelqu'un ? complète Tamara.

Tout le monde sait que Noah est célibataire et qu'il papillonne à droite à gauche. C'est quoi ces insinuations ? Est-ce qu'on nous aurait vus ensemble ?

— Aucune idée, je réponds en déglutissant avec effort.

— Vraiment ? Pourtant, tu es toujours fourrée chez les Flynn, dit Olivia, la mine conspiratrice.

— J'ai une théorie, lance Jaime. Flynn cache une copine.

Je sens une sueur froide dégouliner le long de mon dos.

— Moi, je n'y crois pas ! dit Samantha. Ce mec préfère s'amuser.

Merci, mon Dieu, cette fille est ma sauveuse.

— D'accord avec Samantha, renchérit Candice. Je ne l'ai jamais vu avec personne. Per-son-ne.

— Tu l'as déjà vu avec quelqu'un, Ella ?

— Non… Il est peut-être homo ?

Les filles me regardent avec des yeux ronds.

— N'importe quoi !

— Ella, t'es folle !

J'éclate de rire. Au moins, j'ai réussi à débrancher ces bavardes qui changent enfin de sujet de conversation.

J'appréhende quand même le jour où notre histoire sera étalée sur la place publique : la petite Rochelle de rien du tout en couple avec le grand Noah Flynn, flibustier du cœur de ces dames.

CHAPITRE 17

Déjà mi-mai. Comme si je n'étais pas suffisamment occupée avec tout ce qui se passe dans ma vie : j'ai aussi le comité des fêtes à gérer.

— La fête de fin d'année est pour bientôt, la date choisie est début juin, nous annonce Tyrone.

Un concert de protestations accueille la nouvelle. Tyrone nous explique que la salle prévue pour l'événement, au Royal, n'était pas disponible au-delà de cette date.

— La Royale ! glousse Kaitlin, c'est super !

Forcément, c'est le plus bel hôtel de la ville, en marbre et dorures.

— On doit choisir un thème, reprend Tyrone.

— Médiéval ! propose Faith.

— Non ! répondent les garçons, dont Lee.

— Vintage ? suggère Bridget.

— Non !

— Carnaval ? propose Lily. Comme ça on aura un nouveau stand à bisous !

— Si Ella s'en occupe, d'accord ! plaisante Tony.

— Non, gronde Lee.

— Bal masqué, tranche Tyrone.

Tout le comité vote pour, excepté Lee et moi.

— Vous vous occuperez de la vente des tickets et des affiches, nous ordonne Tyrone, toujours autoritaire.

N'allez pas vous méprendre, j'aime la fête de fin d'année, ce qui me déplaît, c'est que je dois me trouver un partenaire, parce que Lee ira avec Rachel. Je sais très bien qui j'aimerais avoir comme cavalier, mais rien qu'à l'idée des ragots, j'en ai déjà la nausée. Et vu le cordon sanitaire que Noah a érigé autour de moi, les garçons ne feront pas la queue pour me demander comme cavalière… *Pfff*, c'est insoluble.

La solution se présente deux jours plus tard alors que je préparais des flyers avec Lee dans sa chambre. Son portable sonne :

— Salut Dixon… Non, sérieux ? J'arrive tout de suite !

Il enfile ses chaussures en un clin d'œil puis me regarde avec des yeux de cocker.

— Quoi ?

— Tu devineras jamais qui fait la queue devant Dixon pour s'acheter des donuts : Matt Cain, des San Francisco Giants. Mon héros !

— OK, donc tu te barres !

— Je te rapporte un autographe, Ella !

Personnellement, je préfère le foot, surtout quand Noah joue ! D'ailleurs, j'ai prévu d'aller voir le match vendredi soir. J'éteins l'ordi avant de descendre. Devant le garage, j'entends la radio allumée et des bruits métalliques. Je passe la tête par la porte, avec prudence.

— Noah ?

Il s'extrait de sous sa voiture, le visage couvert d'huile de moteur.

— Je croyais avoir entendu la démarche pachydermique de mon frangin !

— Il vient de partir ! On préparait la fête de fin d'année.

— Je déteste ça… Vous y allez ensemble ?

— Non, il a invité Rachel cette année.

— Tu y vas avec qui ?

— Je ne sais pas.

Pas de commentaire, Noah glisse à nouveau sous sa voiture. Il y a un truc qui m'énerve avec lui, c'est qu'il sait se rendre indéchiffrable, il se ferme comme une huître. Tout le contraire de Lee. Noah est comme un Rubik's Cube, il faut s'accrocher pour trouver la solution.

— Si quelqu'un te demande, tu refuses.

— Pardon ?

— Je ne veux pas qu'un crétin profite de la situation. Si Dixon te demande, OK, mais autrement, c'est NON !

— C'est toi qui vas me dire avec qui je peux me pointer au bal masqué ?

Ce mec me rend folle.

— J'irai danser avec qui ça me chante, ami ou pas ami, pigé ?

— Écoute, j'essaye de veiller sur toi alors ne complique pas les choses, Rochelle. C'est une soirée, les mecs auront forcément des idées salaces… Merde, Ella, rappelle-toi chez Warren ! Un bal masqué, ce sera pire.

— Les mecs ne sont pas tous obsédés, Noah.

— Si !

— Je m'en fiche.

Non, je ne m'en fiche pas, mais je n'ai pas envie de lui donner raison.

— Peut-être même que je veux qu'on m'embrasse pendant un slow ! j'ajoute pour l'embêter.

— Ben voyons, gronde Noah.

— Pourquoi ça t'intéresse autant ?

Je sens que je connais la réponse, mais tant pis, il m'énerve trop.

— Parce que j'ai envie de danser tous les slows avec toi, répond-il très calme.

Et il m'embrasse. Plus romantique que moi, tu meurs, j'ai des étoiles qui dansent devant les yeux.

— Je te déteste, Noah Flynn !

— Je sais, Rochelle !

On ne pourra pas vivre éternellement cachés, mais j'avoue que j'adore nos petits moments volés à l'insu du reste du monde.

— Tu le penses vraiment ? je demande.

— Oui. Je te veux pour toute la nuit.

— Oh !

Après un dernier baiser, il retourne sous sa voiture. Je me vois dans son rétroviseur : je suis noire d'huile de moteur !

— Celle-ci, je suis sûre, dis-je à Lee en sortant de la cabine d'essayage.

— C'est la cinquième, ton choix s'arrête là ? soupire Lee.

— Oui, c'est vraiment la bonne.

— Je préférais la rose.

— Mouais, j'avais les seins qui sortaient de partout. T'imagines la tête de ton frère en me voyant ?

— On le retrouverait au commissariat pour assassinat ! Bon, tu prends celle-là et on y va ?

— Oui.

En plus, elle est en promo. Une superbe robe vert sombre, le bas est évasé et ondule quand je tourne, le haut est dos nu jusqu'à la taille et s'attache avec des brides autour du cou, comme un maillot de bain. Le décolleté en V n'est pas du tout plongeant. Le tout est bordé de strass, ça brille, j'adore.

— Ella, sans mentir, tu es magnifique dans cette robe.

Chouette, si Lee le dit, c'est que c'est vrai ! Pour les garçons, c'est beaucoup plus simple, ils doivent être en smoking.

J'ai vu des chaussures à talons argentés qui iront très bien. Il nous manque encore les masques assortis aux tenues. On en trouve dans un magasin de farces et attrapes. Lee choisit un mauve, genre super-héros, qui ira avec la couleur de sa cravate ; le mien est plus élaboré, par chance, il est presque de la même couleur que ma robe, avec des paillettes.

— Tu dois encore te trouver un cavalier, Ella !

Aïe, sujet délicat… Je suis coincée.

— Euh… oui… non… enfin, je…

— Il te reste une semaine entière, ça va se bousculer au portillon.

— J'ai eu trois demandes, mais Noah a dégainé avant moi.

— Quel taré mon frangin… Et si tu y allais avec lui ?

— Euh… tu crois ?

— Oui, il est seul, toi aussi, *hop*, d'une pierre deux coups !

Roh, là, là, Ella, jette-toi à l'eau : PARLE.

D'un autre côté, si Lee raconte ça à tout le monde, ce sera une excellente raison d'être ensemble au bal masqué, Noah et moi. Je continue d'y réfléchir en achetant mes chaussures, puis chez le glacier où on s'installe pour commander des milk-shakes géants.

— Après le bal masqué, nos anniv ! lance Lee. Tu sais déjà ce que ton père va t'offrir ?

— Je n'en suis pas certaine mais je crois que ce sera une voiture ! Il laisse traîner tous les magazines. Et toi ?

— Je ne sais pas… Un nouvel ordi, le mien rame… Pour le bal masqué, tu as décidé ? Tu sais bien que mon frère essaye de te protéger, c'est tout. Et puis, il ne sera plus au lycée l'an prochain, ton calvaire est presque terminé.

— …

— Ella ? Tu as perdu ta langue ?

J'ai surtout encore manqué de cran pour lui avouer la méga-hyper-super entourloupe que je lui joue depuis des semaines.

— Tu as raison, Lee. Il a choisi quelle université ?

— San Diego, plus quelques grandes facs de la côte Est… On sera officiellement débarrassés de lui, il n'y aura plus qu'un seul Flynn !

— Prétentieux, le petit frère !

Lee continue de se gaver de milk-shake, je songe à Noah. Il va me manquer, ses baisers vont me manquer… tout ce que je fais avec lui va me manquer. Une petite voix me souffle aussi que la vie sans lui sera plus simple.

Je soupire. C'est tellement compliqué.

CHAPITRE 18

Warren est adossé aux casiers. On dirait qu'il m'attend.

— Salut, Ella… euh…

— Quoi ?

— Tu as un cavalier pour la fête ?

— Noah leur a fait peur !

— Hum, oui, c'est vrai… Mais je pensais que… tu pourrais m'accompagner.

— Juste en amis ou… ?

— Non, ma cavalière officielle.

Le pauvre, il est dans un état de nervosité avancé !

— Je ne sais pas, Warren, c'est très…

— Alors, juste en amis, OK ?

— Warren, je connais plein de filles qui seraient hyper contentes que tu leur demandes, et en plus, ce serait sans danger pour toi ! Bonne chance !

— Je vais en avoir besoin, c'est dans moins d'une semaine. J'ai clairement intérêt à me grouiller, ronchonne-t-il.

Il est à peine parti, que Thomas se pointe, tout sourires, la gueule enfarinée.

— Salut, Ella ! Tu lui as dit non, c'est ça ?

— C'est pas tes oignons. Laisse-moi passer, s'il te plaît.

— Attends, t'es seule pour la fête, je suis seul, on fait la paire, OK ?

— Non ! Je ne veux pas.

Thomas s'incruste, ne bouge pas d'un poil, quand soudain, il gicle contre le mur.

— De l'air, elle t'a dit, gronde Noah qui saisit ma main et m'entraîne avec lui.

— On va où ?

Dans le local informatique, apparemment. Noah referme la porte derrière nous, alors que la cloche sonne le début des cours. Je m'en fiche, j'ai une heure de perm pour commencer.

— Combien de mecs aujourd'hui ? Quatre ? Cinq ?

— Deux. Mais Warren ne compte pas vraiment, alors un.

— Tu commences à comprendre ? Paraît que tu as acheté une robe, elle est comment ?

— Archi mini, avec un décolleté jusque-là !

Il dresse le sourcil, j'éclate de rire.

— Non, jusqu'aux genoux ! Elle est verte, super classe, je l'adore !

— Cool. J'ai hâte de la voir sur toi, vu que… comme la fête est bientôt…

Il me prend dans ses bras, je me dresse sur la pointe des pieds pour poser mes lèvres sur les siennes. Je sais que ce n'est pas raisonnable, mais j'en crève d'envie, je suis si bien contre lui.

— Ella ? Noah ? Paraît que…

Vlan, encore Lee. Je m'arrache des bras de Noah plus vite que mon ombre. Noah semble figé comme une statue et ne quitte pas son frère des yeux. Lee a la bouche ouverte. *Ô temps, suspends ton vol*. Il faut que Lee comprenne, je ne peux pas le perdre. Mais il ne devait pas l'apprendre comme ça. Il va me détester pour toujours, jusqu'à la fin.

— Noah ? murmure Lee en me regardant avec des yeux hagards. C'est Noah ? Ella, ne me dis pas que c'est vrai. Il y a forcément une explication, n'est-ce pas ?

— Lee, je… je… crois-moi, nous…

— Rochelle, dis-moi que je me trompe, articule-t-il d'une voix rauque, s'il te plaît.

Pauvre Lee, je savais qu'il ne voudrait pas y croire. Sa peine me déchire le cœur et ma réponse va enfoncer le clou.

— Je suis désolée, Lee... Je suis désolée.

Je ne peux même pas l'approcher, il a l'air dégoûté.

— Lee, ce n'est pas comme si j'étais...

— Comme si tu étais quoi ? Une sale menteuse qui couche avec mon frère ? Tu prévoyais de me l'annoncer quand ? Non, tu pensais me le cacher encore longtemps ? Tu crois que je n'avais rien remarqué ? Tu me prenais pour ton meilleur ami très con ?

— Non, je... Mais si tu t'en doutais, pourquoi tu ne m'as rien demandé ?

— Parce que je t'attendais, Ella ! On se dit tout, depuis toujours, et toi, tu faisais la cachottière, alors je me disais que t'avais une bonne raison, mais que tu finirais par m'en parler... T'as préféré que je l'apprenne comme ça.

— Tu n'aurais jamais dû l'apprendre de cette façon, Lee !

— Alors fallait m'en parler ! Merde ! hurle-t-il.

Je n'arrive même pas à me souvenir quand Lee et moi nous sommes disputés. Jamais dans ces proportions là, en tout cas. Jamais.

— Arrête d'en faire un drame, Lee. Lâche-la un peu, intervient Noah.

— Ta gueule, sale hypocrite ! Toi, l'enfoiré qui évacuait les mecs soi-disant pour la protéger ! Et pour quoi, au juste ? Pour la baiser comme une pute !

— Lee, je ne sais même pas de quoi tu parles, tu devrais arrêter, gronde Noah.

— Ah ouais ? Tu ne l'as pas encore collée dans ton pieu ? Ben voyons !

Lee tremble comme une feuille, je ne l'ai jamais vu dans un état pareil. Il éclate d'un rire jaune, forcé, misérable.

— Alors comme ça, tu baisais avec mon frère, et dans mon dos en plus. De tous les mecs, t'as préféré mon frère… Tu ne m'as même pas choisi, moi, ton meilleur ami. Si au moins vous me disiez que vous êtes fous amoureux l'un de l'autre, je comprendrais, mais…

— Lee, on ne l'a fait qu'une seule fois, arrête de…

— Quand ?

— Pardon ?

— Ça s'est passé quand, Rochelle ?

— Il y a deux mois… après la soirée de Warren, je murmure, honteuse jusqu'à la moelle.

— C'est pour ça que vous êtes partis tôt ? Elle était bourrée ! hurle à nouveau Lee à son frère. T'as osé profiter d'elle après tout le cirque que t'as fait ?

— Je n'étais pas bourrée, arrête.

— Ah ouais, laisse-moi rire !

J'ignore ce qui retenait Noah jusque-là, mais ce quelque chose finit par lâcher car il attrape son frère par le col et le plaque au mur.

— Dis donc, tu crois que je n'ai aucun respect pour elle ? Que je l'aurais traitée de cette façon ?

— Tu la forces à mentir depuis des semaines, salaud !

— Elle n'avait pas le choix, tu piges ?

Au lieu de m'engueuler ou de s'en prendre à moi, Lee balance un énorme pain dans la mâchoire de son frère, me jette un dernier regard et sort de la pièce.

— Belle droite, articule Noah en se frottant la joue.

Pour l'instant, la priorité, c'est Lee. Je plante Noah et sa joue, et pars en courant dans le couloir. Lee s'échappe par l'escalier de secours, je l'appelle mais il refuse de m'attendre. J'entends Noah courir derrière moi.

Lee est la personne la plus importante de ma vie, il me connaît par cœur, il sait tout sur moi, excepté ma relation avec Noah. Il connaît ma taille de soutien-gorge, il sait que je déteste l'odeur de jojoba dans son shampoing, il a déjà vu ma tache de naissance en forme de fraise, sur la fesse droite. Lee est ma moitié, je ne peux pas perdre mon jumeau. On devait rester les meilleurs amis jusqu'à notre mort. Peut-être même qu'on mourra le même jour. Certains prétendent que la personne dont on tombe amoureux est celle avec qui on vivra le reste de sa vie, celle qui connaîtra vos secrets, vos fantasmes, ce qui vous fait rire ou pleurer, la seule, l'unique dont on ne peut pas se passer, quoi qu'il arrive. Moi, je me fiche de celui dont je tomberai amoureuse, j'ai juste trop peur de perdre Lee.

Il s'arrête enfin. Moi aussi. Noah aussi, trois pas derrière. Lee tremble encore, lutte contre les larmes.

— S'il te plaît, Lee, ce n'est pas ce que tu crois.

— Alors qu'est-ce que c'est ? Tu me mens depuis des semaines, tu mens à la terre entière. Tu as seulement idée de ce que ça me fait ? Ma meilleure amie préfère mon frère à moi, parce que le cul avec lui, c'est génial ?

— Mais… non, Lee, je n'ai pas choisi… Ce n'était pas pour ça… Je ne savais pas quoi faire, OK ? Je me doutais que tu réagirais mal, je voulais t'épargner, je…

— Arrête, Rochelle, je m'en fous.

Il monte dans sa voiture, démarre sur les chapeaux de roues et s'en va.

Je ne sais pas si je le reverrai.

CHAPITRE 19

Le crissement de ses pneus sur le goudron résonne dans mes oreilles. Je reste là à contempler le désastre de ma vie.

L'ombre de Noah me recouvre, mais je ne supporterai pas ses remarques. Lee vient de me quitter, c'est fini. Il me déteste, j'ai tout gâché. Si seulement j'avais osé lui dire avant, si seulement je n'avais pas été aussi stupide en embrassant Noah.

Qu'est-ce que je vais devenir sans Lee ? Est-ce que je l'ai perdu à jamais ?

— Ella.

— Laisse-moi.

Je repars en cours. Noah ne me suit pas.

Lee ne remet pas les pieds au lycée de toute la journée. Quand on me demande où il est, je réponds qu'il est malade. J'évite de croiser

Noah et j'essaye de paraître normale. Noah m'envoie des textos et me laisse des messages, mais je ne le rappelle pas. J'accepte que Dixon et Cameron me ramènent en voiture.

— T'es sûre que ça va, Ella ? On dirait que tu vas vomir, s'inquiète Cam.

— Deux secondes, je m'arrête ! s'exclame Dixon en pilant.

— Non, c'est bon ! J'ai dû attraper le virus de Lee.

— Vous tombez malades en même temps, c'est dingue ! s'amuse Cam.

— On est jumeaux, je marmonne.

Papa est déjà rentré, j'avais oublié que l'entraînement de Brad était annulé. *Zut*, le seul jour où j'aurais pu être tranquille à la maison.

— Ella ? C'est toi ?

— Oui.

— Tu pourrais faire dîner ton frère, s'il te plaît ? J'ai une conférence téléphonique. Il y a des lasagnes.

— Pas de problème.

Je nous prépare un café à tous les deux, je vais prendre le mien dans le salon. J'aperçois Brad, allongé sur le tapis, au milieu de ses cahiers de classe. J'entends tout de même la petite musique de Super Mario Bros. Mon frère sursaute quand j'arrive.

— Donne, Brad !

— Donne quoi ? Mes devoirs de maths ? Tiens, sers-toi ! C'est sur les angles.

— Ah, ah, petit comique. Donne-moi ta console.

Brad me défie du regard, alors que j'aperçois la console nichée au creux de son bras.

— Pas de problème : double ration de brocolis pour toi.

— T'oserais pas.

— Je me gênerais !

— OK, la voilà. T'es énervante, Ella.

Brad s'attelle à ses devoirs, je sors mon manuel de littérature, histoire de me concentrer sur un autre sujet que les frangins Flynn. Mais c'est dur. Je n'arrête pas de me poser des questions sur eux deux. Je crève d'envie d'aller chez eux, mais il pleut à torrents. Pour que papa accepte de me laisser ressortir sous cette flotte, il faudrait que je lui explique pourquoi c'est si important... Je ne sais même pas par où commencer.

À vingt heures, le téléphone sonne alors qu'on est à table. Papa décroche.

— Allô ? Salut, June, comment vas-tu ?

J'entends qu'elle parle fort et vite, mais je ne comprends pas. Papa me jette un coup d'œil, puis sort de la pièce pour continuer de l'écouter.

— Qu'est-ce qui se passe ? demande Brad.

— Je ne sais pas.

Papa revient dans la pièce, l'air sombre.

— Noah est parti.

— Parti ? Parti où ? Ça veut dire quoi ?

— Il y a eu une grosse dispute entre Noah et Lee, June a dit qu'il a pris ses affaires et qu'il a claqué la porte en refusant de dire où il allait et pour combien de temps. Il ne décroche plus son portable, Matthew le cherche.

— Ah, mais… il ne peut pas être parti bien loin, n'est-ce pas ?

— Je ne sais pas. Ça s'est passé il y a plus d'une demi-heure.

Mon estomac se retourne, je me sens mal.

— Est-ce que June t'a dit pourquoi ils se sont disputés ?

— Brad, va prendre ta douche et prépare-toi à aller au lit, répond papa en me fixant.

— Quoi ? C'est pas juste, il n'est même pas neuf heures !

— Obéis.

Mon frère monte l'escalier en grognant, puis claque la porte de sa chambre. Papa soupire, s'installe dans le fauteuil, et me fait signe de m'asseoir.

— Ils se disputaient à ton sujet, Rochelle. Tu n'as rien à me dire ?

— June… elle t'a dit quoi ?

— Réponds-moi, Rochelle.

— Je… je voyais un peu Noah.

— Tu le voyais un peu ? Développe, s'il te plaît.

— À la kermesse, à cause du stand à bisous, on s'est embrassés et… après, enfin, depuis, on était ensemble… un peu.

— Tu sortais avec lui ?

— Oui, non, c'est compliqué.

— Reprends depuis le début, que je comprenne, s'il te plaît.

Y a-t-il un moyen de lui expliquer sans le décevoir ? Mon père n'a jamais apprécié Noah, à cause des bagarres, de sa moto, il ne verra jamais d'un bon œil que je sorte avec Noah.

— On se voyait en secret parce que je ne voulais pas que Lee soit au courant. On se disputait tout le temps, Noah et moi, je ne pensais pas que ça marcherait entre nous. Mais c'était bien, alors on a continué. Lee nous a surpris ce matin au lycée, maintenant, ma vie est foutue, j'ai perdu Lee.

Papa est K-O, sous le choc, groggy, je ne sais pas quel mot décrira le mieux l'expression de son visage. Comme s'il ne parvenait pas à comprendre les paroles sorties de ma bouche.

— Et tout ceci dure depuis combien de temps, Rochelle ?

— Deux mois.

Papa retire ses lunettes et se frotte les yeux, il fait ce geste quand il est stressé.

— Durant tout ce temps, tu n'as rien dit à Lee ?

— Je pensais que ça le protégerait.

— Drôle de façon. Mais… parmi tous les garçons autour de toi, c'est Noah que tu as choisi ? Il n'est pas exactement… stable en matière de filles.

— Oui, je sais… ce n'est pas gravé dans le marbre comme relation, mais…

— Tu es amoureuse de lui ?

— Quoi ? Non ! Évidemment que non !

Papa soupire encore, l'air effondré. J'essaye de recoller les morceaux.

— Mais on s'amuse bien, lui et moi.

— Tu es sûre de ça, Rochelle ?

— Oui. Alors June t'a dit quoi ? Il s'est passé quoi entre Lee et Noah ?

— Ça s'est passé pendant le dîner, Lee s'est énervé en criant contre son frère, ils se sont battus, Noah est monté chercher un sac pour partir. Silence radio depuis.

Le téléphone, posé entre nous deux, sonne à nouveau. Papa décroche. J'écoute.

— Oui… oui, je viens de lui parler. Quoi ?… Non, non, je ne savais pas que… June veut te parler, me dit papa.

J'ai les mains tremblantes en prenant le combiné.

— Allô ?

— Ella, bonjour. Tu n'as aucune idée de l'endroit où Noah aurait pu aller ? Matthew a sillonné le quartier, il ne décroche pas quand je l'appelle. Je m'inquiète.

— Je suis désolée, je ne sais pas… Il est impulsif, il va sûrement conduire un moment avant de décompresser. Noah va revenir, June.

— Bien, si tu le dis… Tu le connais mieux que nous, n'est-ce pas, Ella ?

— Non, enfin… je…

— Je me doutais qu'il y avait une fille, Noah se comportait autrement, ces derniers temps, mais je n'avais pas imaginé que c'était toi.

— Euh.

— Si tu as de ses nouvelles, s'il te plaît, appelle-nous. Je t'en supplie.

— Bien sûr, June. Est-ce que Lee est là ? Je peux lui parler ?

— *Hum*, je ne crois pas que ce soit une bonne idée, Ella. Désolée.

— Il ne veut plus me voir, c'est ça ?

— Repasse-moi ton père, s'il te plaît, Ella.

— Oui. Au revoir.

Ils discutent encore un peu sans que je comprenne à partir des « mmm » et des « oui, oui, bien sûr » de mon père à June. La fin de soirée est lugubre, on ne se dit plus rien, papa et moi.

Je devrais appeler Noah, au cas où il décrocherait, je pourrais donner de ses nouvelles à sa mère, mais je n'en ai pas le courage. Papa est déçu, j'aurais préféré qu'il crie ou qu'il s'énerve contre moi, plutôt que ce silence de plomb.

À vingt-deux heures, je n'y tiens plus, j'annonce que je vais me coucher. C'est seulement quand je suis arrivée à la moitié de l'escalier que papa me répond enfin :

— Que tu ne m'en aies pas parlé, je peux comprendre, Rochelle, mais Lee ? Tu dois t'expliquer avec lui, vous êtes amis depuis toujours, cette histoire ne peut pas vous séparer.

— Oui, papa, j'espère que tu as raison.

CHAPITRE 20

Impossible de fermer l'œil. Je m'inquiète pour Noah bien sûr, et aussi beaucoup pour Lee. Noah est fort, mais Lee ? Il ne pourra pas juste coller un sparadrap et prétendre que tout va bien.

À minuit, je craque : j'attrape mon portable et j'appelle. Ça sonne, ça sonne, l'appel va aller direct sur la messagerie, non, il décroche juste avant.

— Ella ?

— Lee.

Je l'écoute respirer, il est là mais ne parle pas.

— Comment vas-tu ?

— Honnêtement ? Je ne sais pas.

— Je suis désolée. Je n'ai jamais voulu ça. Pas comme ça.

— Je sais, mais tu n'as rien fait contre.

— Oui, c'est ma faute, j'ai tout foiré.

— La plus grande vérité du siècle, plaisante-t-il d'une petite voix.

— Cela me paraissait la meilleure option de ne pas te le dire. Je savais que ça te tuerait que je sois avec ton frère dans ton dos… J'ai été tellement, tellement stupide… Je voulais te parler, plein de fois, j'ai voulu, je n'y arrivais jamais. Je me détestais… Je croyais te protéger en évitant que tu saches.

Lee reste silencieux un très long moment, mais j'entends sa respiration, sa déglutition.

— Lee, je suis sincèrement désolée.

Je retiens mes larmes, parce que Lee sentira que je pleure, même à l'autre bout du fil.

— Lee ? Tu me détestes ?

— Non… Mais en ce moment, je t'aime moins. Je n'arrive pas à avaler que tu me l'aies caché si longtemps. Et Noah, ce salaud… Moi qui croyais que vous vous étripiez quand vous étiez ensemble plus de cinq minutes.

Ouh là, pente glissante, maintenant c'est moi qui ne dis rien.

— Allez, bonne nuit, Ella. On se verra demain matin.

— Tu viens me chercher ?

— Bien sûr, je l'ai toujours fait, non ?

C'est à ce moment-là que je commence à pleurer comme une madeleine. Des larmes de soulagement.

— À demain, Ella.

— Merci, Lee. Toi aussi, bonne nuit… Lee ?

— Ouais ?

— Tu sais que je t'aime, hein ?

— Moi aussi je t'aime, même si c'est en pointillé à certains moments.

— Je sais !

Après ça, je m'endors en moins de trois minutes du sommeil du juste !

Le lendemain matin, je tartine une bonne couche de fond de teint sur mes cernes. Je ne veux surtout pas qu'on me pose la moindre question à propos de mes relations avec les frères Flynn.

Dès que j'entends les deux coups de klaxon familiers, je speede pour descendre, un sourire jusqu'aux oreilles.

— À plus, papa !

— Lee est là ?

— Ouiiii !

Je monte dans sa Mustang et lui fais un énorme câlin, le levier de vitesse dans l'estomac, le coude coincé contre le volant, mais je m'en fiche : c'est quasiment le plus beau jour de ma vie ! Lee est là, mon cher ami.

— Ravi de te revoir, moi aussi ! s'amuse-t-il.

— Je suis prête à tout pour que tu me pardonnes, Lee.

— Ah ! Ah ! Je saurai m'en souvenir !

— Dans la limite du raisonnable, hein ! Pas de crédit illimité en milk-shakes et pizzas, je dois économiser pour l'université, OK ?

— Bon, laisse-moi réfléchir… un baiser alors.

— Pardon ?

— Tu as bien entendu.

Je n'arrive pas à décider si c'est du lard ou du cochon.

— Euh… Lee, t'es sérieux ?

Il s'éclaircit la gorge, déboucle sa ceinture de sécurité, se tourne vers moi. Merde alors.

— Je blague, c'était trop tentant ! Ella, t'y as pas cru, n'est-ce pas, ce serait trop zarbi !

Ouuuf. Il démarre la voiture.

— Dis, est-ce que tu as reparlé à ton frère depuis hier soir ? je demande d'une petite voix.

— Non. Et tu sais quoi ? Bon débarras. S'il n'est même pas capable d'assumer le bordel qu'il a mis, c'est vraiment qu'un trou du cul. Je sais que tu n'es pas innocente dans toute cette histoire, mais il n'aurait jamais dû te traiter comme ça. Tu mérites mieux.

Aïe, je ne suis pas d'accord, mais comment lui dire sans le vexer ?

— Il ne changera jamais, Ella. Il est perso, égocentrique, intéressé.

— Tu exagères, Lee.

— Non, c'est Noah.

Comme si son prénom résumait tout. Depuis ce matin, je n'arrête pas de retourner cette question dans ma tête : quelle est ma relation avec Noah ? Il me rendait heureuse, aucun doute, mais Lee restait quand même la personne la plus importante à mes yeux, celle que je ne voulais pas perdre, à aucun prix. J'ai réalisé que j'étais prête à sacrifier Noah s'il le fallait. Mais Noah, il en penserait quoi ? Est-ce qu'il veut toujours être avec moi ? Suis-je un bouche-trou en attendant son départ à l'université ? Ce qui est certain, c'est que ça aura provoqué beaucoup de remous.

Aucune rumeur côté lycée, c'est calme, ambiance zen. Lee se comporte normalement avec moi. Tout baigne jusqu'à ce que j'entende mon nom crié dans un couloir.

— Ella ! Ella, attends !

C'est Noah. Je m'agrippe au bras de Lee. Qu'est-ce que je dois faire ?

— Ella !

Pas maintenant, pas ici. Lee pige, il m'entraîne dans le premier couloir de droite. On court ensuite jusqu'à notre salle de classe.

— Oublie-le, me conseille Lee.

— Ce n'est pas si facile. Et je ne pourrais pas l'éviter toute ma vie, c'est ton frère.

— Merci, j'avais oublié… Bon, je reconnais que ça va être zarbi entre vous.

— Merci aussi pour ton soutien.

Je réussis à éviter Noah jusqu'à l'heure du déjeuner. Je m'installe dehors, entre Lee et Rachel, près du terrain de sport. Il fait beau, c'est relax. Rachel est au courant pour Noah et moi, Lee lui en a parlé. Quand il part rejoindre ses potes pour une partie de foot, Rachel me branche sur le sujet :

— Alors ? Tu es amoureuse de Noah ou c'est juste pour le sexe ?

— Hum… On l'a fait qu'une seule fois, j'avais trop peur qu'on nous surprenne après. Noah est très protecteur, bagarreur, impulsif, ce n'est pas facile d'être amoureuse, je réponds en rougissant comme une pivoine et en choisissant mes mots.

— Il est aussi très sexy !

— Allons, Rachel, tu parles de ton presque-beau-frère !

— Ça sera de nouveau dur pour Lee si tu te remets avec son frère. Il a vraiment du mal avec cette histoire, il a peur de te perdre si tu casses avec Noah ou quoi que ce soit. Il t'aime beaucoup et il tient à son frère, évidemment.

— C'est Lee qui t'a dit ça ?

— Il était au fond du trou hier soir. Tu es sa jumelle, il le répète tout le temps.

— Je suis contente que tu l'aies compris, Rachel, et surtout que tu ne sois pas jalouse de moi. Ses copines avant toi ne pigeaient rien à notre relation. Tu es la première qui ne me déteste pas !

— Vous êtes comme les deux doigts de la main, il faudrait être aveugle pour ne pas le voir !

— Rachel, tu mérites que je te dise un secret : tu es la première petite amie pour qui Lee m'a posé un lapin. Ça prouve que c'est du sérieux chez Lee ! Vous êtes trop mignons ensemble !

— Merci, Ella ! Et toi, tu comptes faire quoi avec Noah ?

— *Pfff*, c'est compliqué, je ne sais pas... Avec Lee, je ne voudrais pas que... c'est confus dans ma tête...

— Il va falloir t'éclaircir les idées, ma belle, il arrive.

— Merde.

Noah est en train de traverser le terrain de foot à grandes enjambées, il fonce droit sur moi. Tout le monde le regarde. Je prends mes jambes à mon cou, et je cours vers les toilettes des filles m'enfermer dans un W-C. Rachel, Jaime, Lisa, Olivia viennent à tour de rôle pour me demander d'en sortir mais je refuse. Dix minutes plus tard, Lee frappe à grands coups de poing dans ma porte.

— Ella, magne-toi, sors d'ici.

— Qu'est-ce que tu fous dans les toilettes des filles ? C'est interdit aux mecs !

— Rien à secouer, viens.

— Lee Flynn, vous vous croyez où ? s'exclame Mlle Harris, une prof de maths.

— Euh… J'ai mal au ventre.

— Sortez d'ici immédiatement, jeune homme, ou je vous colle un avertissement.

Lee m'attrape par le poignet et me tire avec lui hors des toilettes. La cloche sonne la reprise des cours, sauvée.

En vérifiant mon portable, je trouve un nouveau texto de Noah.

CHAPITRE 21

Noah n'est pas rentré chez lui depuis la crise, ses parents savent par Lee qu'il est vivant et en cours durant la journée. En ce qui me concerne, je n'ai répondu à aucun de ses appels ou textos. Il a téléphoné sur le fixe à la maison, papa a raccroché rapidement.

Ma période de rémission s'arrête brutalement jeudi matin, en sortant des toilettes au lycée, quand je fonce dans une armoire à glace sans le faire exprès.

— *Aïe !* Pardon !

Je fais un pas de côté, mais on me retient. Noah. Il a l'air… décomposé, une tête de mort vivant avec des cernes de koala et il sent la cigarette. Bref, une sale tronche comme on en voit rarement chez Noah Flynn.

— Faut qu'on parle.

Et il me pousse dans la salle la plus proche. Je m'éloigne derrière un bureau, il reste près de la porte.

— Comment tu vas ? me demande-t-il.

— Beaucoup mieux depuis que Lee m'a pardonné.

— Ça en fait au moins un sur deux, marmonne-t-il. Ella… Je suis désolé. J'ai profité de toi, ça m'a tué de voir combien tu étais malheureuse quand Lee a tout découvert. On aurait dû le lui dire dès le départ et moi t'encourager à le faire au lieu de t'aider à lui mentir. C'est aussi ma faute. J'ai merdé. Pardon.

Noah parle avec un débit de mitraillette, comme s'il ne voulait pas être interrompu dans sa difficile tirade.

— J'ai compris aussi que tu ne voulais plus jamais me revoir, mais…

— Noah ? Je peux poser une question ?

— Euh, oui, quoi ?

— Tu es où depuis mardi soir ?

— Dans un motel. Je voulais vous laisser respirer, éviter que ça empire entre Lee et toi. J'essayais de t'oublier aussi… Mais ça ne marche pas très bien, alors je conduis la nuit. Je n'arrête pas de penser à toi, Ella.

Il s'approche de moi, me domine de toute sa hauteur.

— C'est dingue, Ella, je ne comprends pas ce qui m'arrive… je t'ai dans la peau… Tu me rends fou. J'ai besoin de toi.

Je viens juste de me réconcilier avec Lee, et Noah me lâche sa bombe ? Je fais quoi, moi ? Je ne peux pas retourner avec lui, *je ne peux pas.* Ce serait compliqué, ce ne serait pas juste… Pourquoi j'ai tant de mal à me convaincre ?

— Ella, dit-il doucement, en repoussant une mèche de mes cheveux.

— Je ne peux pas… C'est impossible…

— Ella ? Je meurs, tu me tues.

— Tu as bu ?

— Pas une goutte. Tout ce que je t'ai dit est vrai : j'ai besoin de toi.

Plus il avance, plus je recule, mes fesses rencontrent le mur. Stop.

— Ella.

Je sais qu'il dit la vérité, je le lis dans ses yeux. Je voudrais ne pas le croire, ne pas remettre le doigt dans l'engrenage de ses baisers, des feux d'artifice qu'ils provoquent en moi. Si je le touche, je craque et je ne le quitterai jamais. Si je ne trouve pas le courage maintenant, c'est foutu, je suis damnée.

— Non.

Il donne un grand coup sur le mur derrière moi, un cadre en tombe. Je ferme les yeux, je rentre la tête dans le cou.

— Non.

Ses mains me serrent les épaules, je rouvre les yeux et je rencontre les siens, implorants. S'il m'embrasse maintenant, je suis cuite.

— Je te jure que j'ai essayé de t'oublier, Ella.

— Je ne peux pas. Je ne peux plus, Noah !

— Pourquoi ?

Sauvée par le gong, la cloche sonne. Je me sauve en courant. Je n'ai pas peur de lui, j'ai peur de moi.

— T'es en train de me dire que pour tes dix-sept ans – pardon, nos dix-sept ans – tu n'as aucune idée de ce qu'on pourrait organiser ?

— Lee ! Je n'y ai pas vraiment réfléchi ! On a encore une semaine.

— *Tss*, et c'est moi qui procrastine à mort, paraît-il ! on fait quoi, grosse fiesta ou petite fête cosy ?

— Méga fiesta, évidemment, on connaît tout le bahut !

— Cool. Mes parents sont prêts à nous louer une salle.

— Ce serait chouette… mais trop cher.

— Alors, chez moi, c'est grand et il y a la piscine.

Pour notre anniversaire, on a prévu depuis des mois d'organiser un truc épique, inoubliable, exceptionnel. Et comme cela tombe juste après la fin des cours, c'est le dernier rassemblement avant de se quitter les uns les autres pour les vacances d'été.

— Tu te rappelles en CM2, on s'était déguisés !

— Ouais, toi en princesse Disney, moi en Chat chapeauté ! Je te vois venir ! Oui, mais non ! Non, non, non !

— Si !

— Non !

— Pourquoi ?

— Parce qu'on avait dix ans, pas dix-sept. C'est trop bébé.

— Non, au contraire, on est les seuls à pouvoir transformer ça en un truc génial !

— Tu crois ?

— Oui ! On fête nos anniv le samedi qui suit la fête de fin d'année, et on aura dimanche pour dormir si on picole trop.

— Non, je veux profiter de ma soirée d'anniv : pas d'alcool. Je prépare le message.

Lee tape l'invitation sur son portable et l'envoie à une bonne cinquantaine de contacts. Mon téléphone vibre, je le sors.

— C'est quoi ? demande Lee.

— Noah.

— Qu'est-ce qu'il te veut encore ? Il ne te harcèle pas, j'espère ?

— Non, dis-je en refusant l'appel.

— Il n'est pas fait pour toi, Ella, je connais mon frère.

— Tu crois que je ne le connais pas non plus ? Il m'a toujours bien traitée.

— Pas d'accord, mais on s'en fout de Noah, je ne veux pas m'embrouiller avec toi. Revenons à nos déguisements.

— J'ai la solution pour ça !

CHAPITRE 22

Vendredi, entre deux cours, je suis pendue au téléphone pour finaliser l'organisation de la fête de fin d'année. C'est un stress qui m'arrange parce qu'il m'évite de penser à Noah.

Avec Rachel, May et Lisa, on prévoit une séance détente cheveux-ongles-spa samedi après-midi. La mère de Lisa travaille dans un salon de beauté, elle a promis de nous faire un prix !

Je me sens tout de même sérieusement décalée par rapport aux filles : leur unique sujet de conversation tourne autour de leur cavalier, de la cravate de ces messieurs qui doit être assortie à leur robe, du smoking de leur chéri, des slows qu'elles danseront et patati et patata. Lisa est avec Cam, May avec Dixon, Warren avec une fille du cours d'histoire. Et moi, pauvre pomme, je n'ai personne, tous les autres garçons que je connais sont déjà pris.

— Tu as refusé trop de mecs, me sermonne Cam.

— « Il » a refusé pour moi, je te rappelle.

Tout le monde comprend de qui je veux parler.

— Au fait, ton frangin vient à la fête ? demande Rachel à Lee.

— Aucune idée et je m'en contrefous.

Rachel et moi échangeons un regard : Lee ne s'en fiche pas, loin de là.

Je retourne vite à mes occupations, j'en ai assez entendu. Parce que, honnêtement, malgré toute la mélasse de ces derniers jours, c'est bel et bien avec Noah que j'aimerais aller danser... Bref, demain, ce sera la fête, et moi, miss Loose n° 1, j'aurai zéro cavalier au compteur.

Zéro.

Samedi, 18 heures. Mes cheveux sont parfaitement lissés, doux et brillants, mes ongles sont à tomber, je viens de passer une demiheure sur mon maquillage en suivant un tutoriel de pro. Ma robe me va encore mieux que dans la cabine d'essayage, je m'épate moi-même ! Le vert fait ressortir mon teint et mes yeux marron. J'adore le bruit du tissu quand je bouge. Mes talons argentés sont pile-poil assortis aux paillettes de la robe et du masque. Bravo, Ella, t'es championne, j'en oublierais presque Noah et ma VDM !

Tout va bien, sauf que je n'aurai pas de photo officielle au bras d'un cavalier attitré, et que mon père n'en prendra aucune pour l'album de famille. *Pffffff*.

Ça sonne en bas. Ils sont en avance avec la Limo qu'on a louée pour l'occasion.

— Ella !

— J'arriiiiiive !

Brad me fait sa plus belle grimace quand je passe devant sa chambre, c'est bon signe.

— … lui parler, s'il vous plaît.

— Hors de question, répond papa. Tu ferais mieux de repartir.

— Pas avant de lui avoir parlé.

— Ma patience a des limites, j'ai dit non !

— Papa ? Noah, qu'est-ce que tu fais ici ?

— Rien. Il s'en va, gronde papa.

Noah semble hésiter. *Waouh,* il est beau comme jamais : chemise blanche, cravate verte négligemment nouée, smoking, cheveux artistiquement en bataille, et la petite touche personnelle : ses bottes noires !

— Ella, j'aimerais te parler.

— Papa ? Tu nous laisses une minute, s'il te plaît ?

Mon père fulmine, pointe un doigt menaçant vers Noah, puis tourne les talons. Mais voilà que Noah s'en va aussi.

— Hé, Noah, faudrait savoir !

— Je t'ai dit qu'à partir de maintenant, je ferai les choses correctement avec toi.

Il ressort, ferme la porte derrière lui et sonne. Totalement azimutée, je rouvre. Noah est là, un genou à terre, la main tendue pour m'offrir une boîte contenant un lys crème.

— Noah… euh…

— Ella Evans, acceptes-tu d'être ma cavalière ce soir ?

Vous, je ne sais pas, mais moi, j'éclate de rire, c'est nerveux.

— Pas sûre que ce soit une bonne idée, Noah !

— Oublie ce que pensent ou ce que disent les autres, Ella. Toi, tu veux quoi ?

— Ben… je ne devrais pas… On ne peut pas, c'est…

— Ella, oublie tout ça. Tu veux quoi, TOI ?

Il me suffit de le regarder pour savoir, mais ma raison s'y oppose, par devoir et convenance sociale.

— Ella ? insiste-t-il en me tendant son superbe lys.

Je ferme les yeux, je respire un grand coup. *C'est maintenant ou jamais, Ella, fie-toi à ton instinct.*

— Oui. J'irai avec toi.

— Hey ! Sérieux ?

Son sourire est ma récompense, il épingle la fleur au corsage de ma robe.

— Je suis tarée, mais tant pis !

— Prête ?

— Attends, je préviens mon père.

Je le trouve dans la cuisine en train de tourner comme un lion en cage.

— Papa, ne sois pas fâché, s'il te plaît.

— Je ne suis pas fâché, mais préoccupé… Après tout ce qui s'est passé avec Lee, ce n'est pas raisonnable de t'afficher avec Noah.

— Il me l'a demandé en ayant un genou à terre, papa ! Noah est sincèrement désolé.

— *Hum*, ou très intéressé.

— On va danser, rien de plus.

— Je ne veux pas qu'il t'arrive malheur, ou que tu tombes enceinte, Rochelle.

— Bien sûr, papa !

— Je suis sérieux, ma poule, c'est toi qui décides, mais franchement, je ne pense pas que ce soit une bonne idée.

J'ai l'impression d'avoir à nouveau sept ans.

— T'inquiète pas, papa.

— Tu es superbe dans cette robe... ma petite fille a tellement grandi.

— Noah me rend heureuse, j'aime bien être avec lui.

Je rejoins Noah qui attend dans l'entrée, nerveux.

— Si c'est toi son cavalier, je vous prends en photo, lance papa qui m'a suivie.

Au début, ça fait bizarre d'être collée à Noah, mais je me réhabitue vite.

— Merci. Une dernière chose, Noah : Ella est contente de sortir avec toi. Moi pas, mais je respecte sa décision. Sache que si, par ta faute, il arrive quoi que ce soit à ma fille, tu ne remets plus jamais les pieds ici. Compris ?

— Oui, monsieur.

— Très bien. Passez une bonne soirée.

On sort, Noah me tient toujours par la taille.

— Noah, une seconde : Lee est au courant ? Tu l'as prévenu ?

— Non, pourquoi ? C'est important ?

— Il devait me prendre avec les autres en Limo et…

— Envoie un texto pour dire que tu as pris de l'avance ou que tu les retrouveras sur place… Ou alors, dis que tu es avec moi.

— Non, je dirai que j'ai un problème de maquillage à régler.

Lee répond aussitôt à mon texto sans poser de question ni rien. Je le reconnais bien là, mon meilleur ami. Je m'en veux de lui mentir à nouveau. J'ai une horrible sensation dans le creux de l'estomac, comme si les embrouilles recommençaient. Le pire, c'est que je fonce tête baissée et de mon plein gré… Il n'y a qu'une solution : parler à Lee en face, lui expliquer. Plus de mensonge. Il mérite davantage qu'un texto ou un appel.

Galant, Noah me tient la portière de sa voiture. Le trajet dure une vingtaine de minutes, j'espère que ce ne sera pas zarbi entre nous.

— Du coup, tu proposes quoi, Noah ? On se pointe ensemble sans rien dire et on laisse les autres voir que toi et moi, on... on est... euh, je ne sais pas ce qu'on est.

— Je ferai comme tu voudras, Ella. J'aime être avec toi, tu comptes beaucoup... beaucoup trop peut-être, alors je ne veux pas te perdre, tu comprends ? Tu décides...

Zoupla, mon cœur fait une embardée, j'ai du mal à me concentrer.

— ... si tu veux qu'on sorte ensemble, en couple, Ella.

Noah garde les yeux braqués sur le feu rouge, ses doigts serrent si fort le volant qu'il va l'écrabouiller. Il a l'air si... vulnérable. C'est vrai que c'est un bagarreur et que les filles ne veulent pas d'un mec qui agite ses poings à la première occasion. Mais il est aussi très attentif et d'une grande douceur quand il le veut.

Lee va me haïr.

— Il faut que je parle à Lee, je ne peux pas lui lâcher une bombe pareille en pleine figure.

Le visage de Noah s'éclaire aussitôt.

— Vraiment ?

— Oui, vraiment !

Noah dépose un baiser rapide sur mes lèvres juste avant que le feu ne passe au vert.

Rapide, le baiser, mais pour mon cœur, c'est déjà trop ! Ses doigts viennent enlacer les miens, je suis bien, tout me semble naturel, normal, à sa place.

On termine le reste du trajet en silence, pas un silence tendu ou gênant, non, plaisant, et nous sommes en phase l'un avec l'autre. Le Royal est en vue, il y a déjà plein de voitures garées et deux policiers pour assurer la circulation. Je me regarde une dernière fois dans le miroir du pare-soleil pour vérifier mon rouge à lèvres. Noah ne me quitte pas des yeux.

— Quoi ?

— Rien.

— Si, dis !

Je n'en ai pourtant pas mis sur mes dents.

— Tu es sublime.

— Merci, Noah ! C'est ouf comme ta cravate est assortie à ma robe.

— Tu avais parlé de la couleur de ta robe. C'est la seule que j'aie trouvée qui ne soit pas couverte de sapins ou de pères Noël !

La circulation reprend, on redémarre.

— Ella, je crois que c'est ta Limo, là-bas.

En effet, Lee et Rachel viennent juste d'en sortir. Ils portent déjà leur masque, mais je reconnais mon ami entre mille. C'est possible que, pour nous deux, personne ne nous reconnaisse, ce qui m'épargnerait la nuée de groupies habituelles autour de Noah Flynn et simplifierait la soirée…

Nous sommes enfin garés, mon galant cavalier m'ouvre la portière. Je découvre en même temps son masque, noir avec des poinçons métalliques qui lui couvre la moitié du visage. Il me prend par la taille et me guide vers la porte d'entrée. Nous n'y sommes pas encore et on nous regarde déjà avec insistance. *Aïe*, je stresse.

— Du calme, tout va bien se passer, murmure Noah.

— J'espère que tu as raison…

CHAPITRE 23

Il y a la queue pour se faire prendre en photo avec son cavalier sous l'arche de fleurs et de ballons, mais c'est là que Noah m'emmène. *Eh, eh,* on dirait que je l'aurai, ma photo !

La salle est majestueuse avec ses chandeliers qui éclairent les dorures des murs, des piliers et du plafond. On se croirait à Versailles ! Dans un angle, le bar et des petites tables décorées avec des nappes blanches et des petits bouquets de fleurs. Installé sur une estrade, un groupe joue de la musique. En résumé : c'est parfait. Je suis fière d'être l'instigatrice de l'arche, les photos seront géniales.

Le photographe nous fait signe, à notre tour. Le hic c'est qu'on se retrouve en ligne de mire et sous les spots. Si quelqu'un hurle nos prénoms, c'en est fini de ma tranquillité.

— Relax, me glisse Noah à l'oreille.

— Pardon.

Il me sourit de ce merveilleux sourire sexy en diable et coquin. Noah se place derrière moi, bras enveloppant ma taille, mes mains posées sur les siennes. *Cheeeese !* Flash. Ça y est.

— Couple suivant.

Nous redevenons anodins, tant mieux.

— Tu veux boire ? me demande Noah.

— D'acc.

Il est à peine parti depuis dix secondes que le deuxième Flynn de la salle vient se planter devant moi. Merde. Il a déjà remarqué ? Non, il n'a pas l'air fâché.

Lee soulève mon masque.

— Ella, enfin !

— Coucou.

— T'as réglé tes histoires de maquillage ?

— Oui, c'est bon. Tout va bien.

— Viens t'asseoir à notre table, on est là-bas.

— Lee, faut que je…

— Ella ? C'est toi, Ella ?

Une petite blonde que je ne reconnais pas avec son masque m'aborde.

— Jolie robe, enchaîne-t-elle. C'est Tyrone qui m'envoie, il y a un problème avec le buffet.

Un truc avec la bouffe végétarienne et les noisettes grillées.

— Impossible, on avait dit pas de noisettes, Jon Fletcher est allergique.

— Je sais, mais Tyrone veut quand même te parler. Il attend en cuisine. Je t'emmène.

Cette voix nasillarde, c'est Kaitlin.

— OK, OK, Lee, ne t'envole pas, s'il te plaît, j'ai un truc à te dire.

Un pugilat se joue à la cuisine : Tyrone se dispute avec Gen qui se dispute avec le chef. J'essaye de réconcilier tout le monde. Quand je retourne dans la salle, impossible de retrouver Lee, Noah ou la bande de potes. La fête est lancée, ça danse, boit, rigole, il y a foule, une poule n'y retrouverait pas ses petits. Les garçons sont tous masqués et en habit de pingouin, comment je fais pour retrouver Lee maintenant ?

Au bout de cinq minutes, j'abandonne et me mets plutôt en quête de Rachel, qui porte une robe lilas avec un nœud… Zut, je ne la repère pas non plus. Qui piaillait en soutenant que les bals masqués, c'était d'enfer ? C'est barbant, je vais rester seule jusqu'à l'heure du dîner où les gens s'assiéront enfin.

— Tiens, on dirait que tu en as besoin pour te remonter le moral, fait un pingouin en me tendant un verre de punch.

— Merci… euh, c'est qui ?

Il soulève son masque.

— Cam ! Merci ! Vous êtes assis où ? Je ne trouve personne.

— Tu n'étais pas avec quelqu'un ? Viens, ils sont par là.

Aïe, début des ennuis.

Je m'accroche à lui pour ne pas le perdre. Pas de Noah en vue. J'aperçois la cravate de Lee. *Waouh*, elle est parfaitement assortie à la robe de Rachel. C'est moins réussi pour Cam et Lisa, je m'en rends compte de près. Warren est avec eux.

— Salut Ella ! Pas trop déçue d'être seule ? me demande ce gros balourd.

— Non, ça va.

— Je t'ai vue arriver avec quelqu'un pourtant, dit Bridget, sa cavalière.

— Non, je lui ai déjà demandé, répond Cam à ma place.

On décide d'aller danser, ce qui m'arrange bien. Toujours pas de Noah dans les parages, mais Cody se pointe.

— Salut Ella, je peux t'inviter ?

— Oui !

— J'ai entendu dire que tu étais sans cavalier. Désolé.

— C'est sur la une du journal, je grommelle.

— T'inquiète pas ! Tout le monde sait que c'est à cause de Flynn. Des tas de mecs vont se pointer devant toi, je suis sûr.

— Tu es avec qui déjà ?

— Amy Johnson.

— Elle n'est pas jalouse que tu danses avec moi ?

— Pas du tout.

L'heure du dîner arrive, Lee m'appelle pour que je rejoigne leur table prévue pour cinq couples. Il reste forcément une place vide à côté de moi. J'envoie des prières au ciel pour que Noah arrive.

— Flynn ! Par ici ! j'entends trois tables plus loin.

C'est Andy, l'un des joueurs de foot de l'équipe de Noah, qui l'appelle. Je le repère enfin parce qu'il a enlevé son masque. Une fille le tire par la manche. Ses yeux me cherchent désespérément, je m'en rends compte au moment où ils croisent les miens. Noah a l'air aussi déçu que moi au moment où je le vois s'asseoir à leur table… C'est peut-être mieux comme ça, vu que je n'ai toujours pas parlé à Lee. La poisse, cette histoire de noisettes.

— Allô la Terre, Ella ! Qu'est-ce qui t'arrive ? Tu voulais me dire un truc tout à l'heure, fait Lee.

— Euh…

Lee m'attrape par la main pour m'emmener à l'écart des oreilles indiscrètes.

— Parle. Y a un truc, je le sens.

— Promets-moi de m'écouter sans t'énerver, s'il te plaît.

— OK.

— Je n'ai pas eu de problème de maquillage tout à l'heure, je…

— *Ah, ah !* Tu ne voulais pas être la seule célibataire de la Limo, c'est ça ? J'ai cru que tu voulais m'annoncer que toi et Noah, c'était reparti.

— Il est passé à la maison.

— Qu'est-ce qu'il voulait ?

— Il a…

J'aperçois Noah dans mon champ de vision.

— Lee, tu as promis de rester calme, il fait des efforts pour arranger les choses avec moi, et… et…

— Ça va vous deux ? dit Noah au même instant.

Je vais le tuer, il ne peut pas nous foutre la paix cinq minutes ? Lee démarre au quart de tour en voyant son frère.

— Qu'est-ce que tu lui veux ? T'as pas fait assez de conneries ?

— C'est pour ça que je veux arranger les choses, répond Noah en plongeant ses yeux bleus dans les miens.

— Lee, regarde, il m'a offert ce lys pour ce soir.

— Je m'en fous, Ella, il s'est mal comporté avec toi, il a profité de toi, il…

— Non, tu en rajoutes, Lee, ce n'est pas ça du tout.

— Si, tu n'as jamais été là pour elle, tu l'as laissée tomber, tu t'es barré sur ta saleté de moto, tu l'as obligée à mentir à son père, à moi, et pour quoi ? Pour ton unique petit plaisir personnel.

— Et si on demandait à Ella, hein ? Laisse-la en placer une.

Ils se taisent enfin et attendent.

Je lance un regard à Noah, rien qu'un regard, Lee soupire tellement c'est évident.

— Noah, tu me laisses parler à Lee, s'il te plaît ?

Il s'éloigne sans faire d'histoires.

— Lee, je sais que tu penses que c'est nul, stupide, débile, mais je veux être avec lui. Je suis bien avec Noah.

— T'es sûre ? Tu n'es pas du genre à batifoler comme lui. Je m'inquiète pour toi, Ella.

— Je sais, mais cette fois-ci on a remis les choses à plat avec Noah.

— On sort ensemble, crie Noah depuis son purgatoire. Ouvre tes oreilles, c'est ce qu'elle essaye de te dire depuis tout à l'heure.

— Si tu es OK avec ça, Lee, j'ajoute.

— *Waouh*, c'est sérieux ?

— Oui, c'est sérieux, répond Noah qui est revenu en trois enjambées. T'as un problème, p'tit frère ?

— S'il y a une nana sur terre qui peut l'aider à changer, c'est bien toi, Ella, grogne Lee.

— J'y retourne avant que ça paraisse louche, dit Noah. Ella, je te retrouve plus tard.

Lee pousse un gros soupir. Il n'est pas dans son assiette, il se pince le nez, c'est un signe qui ne trompe pas.

— Tu es vraiment sûre de toi, Ella ? Parce que je connais Noah…

— Oui. Quand je suis avec lui, j'oublie le reste, je suis heureuse. Je sais que c'est crétin, trop romantique, qu'il s'en ira en septembre à l'université, mais…

— Mais tu es amoureuse de lui, c'est ça ?

— Non, non !

— Il t'a déjà fait du mal, j'ai peur qu'il recommence, mais je vois bien que t'es accro… Ella, je serai toujours là pour toi, OK ?

— Tu n'es pas fâché ?

— Non. Parce que tu es ma meilleure amie et que tu comptes pour moi.

— Merci, Lee !

Et je lui saute dans les bras. On est toujours des jumeaux, le yin et le yang quoi !

— Allez, on y retourne sinon Dixon va me piquer mon dessert ! plaisante Lee.

On nous accueille à table avec des coups d'œil inquiets, surtout Rachel qui est fine mouche.

— Ella, tout va bien ? demande Dixon.

Noah m'adresse un petit signe de loin.

— Super bien !

CHAPITRE 24

Depuis une demi-heure, je danse et j'essaye de me débarrasser des glus, mais c'est mission impossible. Et je ne vois Noah nulle part dans cette masse grouillante. La poisse.

— S'il vous plaît ! Votre attention, s'il vous plaît !

Oh, c'est Noah. Il est sur l'estrade devant le micro. Tout le monde se tourne vers lui. Il retire son masque pour qu'on le reconnaisse sans hésitation. Qu'est-ce qui lui prend ?

— Merci. Je vous explique pourquoi j'interromps la fête : je suis venu ce soir pour me faire pardonner, pour montrer combien je suis désolé. Il y a une fille vissée dans mon cœur et dans ma tête. Je me suis mal comporté avec elle, alors… Ella ? Où es-tu, Ella ?

Dans un mouvement général, tous les yeux se braquent sur moi.

— La régie, on peut diriger un spot sur la robe verte ? demande Noah. Merci, les gars !

Un halo lumineux me tombe dessus.

— Ella, je suis sincèrement désolé... Vous, l'orchestre, à trois, vous y allez, demande encore Noah. Un, deux, trois !

Je reconnais aussitôt les premières mesures de *I Really Want You*, de Plain White T's, une de mes chansons préférées. Quel romantique, ce Noah ! Il saute en bas de l'estrade, micro en main, fend la foule qui s'écarte devant lui.

— Ta réputation est à l'eau, Noah !

— Si tu savais comme je m'en contrefiche. Ella, reprend-il bien fort dans le micro, acceptes-tu d'être ma petite amie officielle ?

Ça bruisse de phrases brèves autour de moi :

— Dis oui, Ella !

— Flynn, en train de craquer pour une nana, du jamais vu.

— Ella a trop de chance !

— Je rêve !

— Alors, Ella Evans, reprend Noah, c'est oui ?

— Ouiiiii !

Noah fourre le micro dans les mains de quelqu'un, un petit sourire au coin des lèvres. La musique repart avec un slow, il me prend dans ses bras.

— Tu étais mignon, Noah !

— Je t'en supplie, pas mignon.

— D'acc. Tu étais sexy, et très macho !

— J'espère que tu as apprécié, Ella. Je me couvre de ridicule rien que pour toi, tu as remarqué ?

— Ah ça, oui ! Mais tu n'étais pas obligé.

— Je sais, mais je le voulais. Je t'ai dit que tout allait changer, et j'ai encore beaucoup à faire… Et un truc à te dire d'ailleurs.

— Ah ?

Ses lèvres caressent mon oreille.

Non, non, non, ne le dis pas.

Mon cœur s'emballe.

Si, si, si, dis-le.

Non !

— Je t'aime, Rochelle.

— Moi aussi, Noah, je t'aime.

Ses lèvres s'accrochent alors aux miennes. *Huumm…* Je vous rassure, ce n'est pas un baiser de ouf à pousser mémé dans les orties, non, un baiser gentil, tout doux, qui envoie un festival de décharges électriques dans mes petites cellules.

— Noah, je crois qu'on nous regarde.

— Et alors ?

— Je vais me faire trucider dans les toilettes des filles, tu ne les vois pas ?

— Les mecs ont déjà sorti leur carabine pour me refroidir parce que je sors avec la plus jolie fille de la soirée, tu ne crois pas qu'ils sont un peu jaloux ?

— Ah ? Je ne sais pas…

— Crois-moi, Ella, c'est toi la plus mignonne… Encore plus, quand tu rougis !

— Chut ! Sinon je raconte que tu as un caleçon Superman !

Noah m'attrape par la main, nous quittons les curieux-envieux-jaloux pour chercher un coin tranquille.

— J'ai attendu ce moment toute la soirée, Ella, murmure Noah en se penchant vers moi.

Quand nous rejoignons enfin les autres – après un long moment de bonheur parfait ! – Noah se fait alpaguer par trois potes et une nuée de demoiselles caquetantes me saute dessus.

— Ella ! Tu nous avais caché ça !

— Depuis quand ? Pourquoi tu n'as rien dit ?

— Cachottière !

— T'as trop de chance ! Décrocher Flynn, c'est le top du gros lot !

— Raconte ! piaille Jaime. Et commence par le début, s'il te plaît.

— Euh… C'est compliqué.

— Pourquoi, y avait un autre mec ?

— Non, mais c'est…

— Compliqué, on a pigé. Tu imagines à quel point on est jalouses de toi, Ella ? Merde, c'est Flynn, quoi !

— Ella ! crie Dixon en jaillissant comme un diable au milieu de ces dames. Depuis combien de temps tu n'étais plus sur le marché ? Les mecs m'envoient te demander ça !

— Pourquoi ?

— Ils ont peur que Flynn vienne régler ses comptes !

— Depuis ce soir.

Version officielle.

— OK, pas de danger alors ! Et félicitations, Ella, c'est de circonstance !

— Ella !

C'est Rachel qui vient me sauver de la bande de glus. *Ouf*.

— Super, vous avez mis les choses au clair, dit Rachel. Mais… tu es sûre que ça va aller ? Noah est tellement…

— Je sais… Mais je m'en fiche.

— OK ! Allez, je retourne voir Lee. Et toi, va chercher Noah !

C'est inutile, il est déjà devant moi quand je me retourne.

— Alors, cette première danse, Ella, on s'y met ? demande-t-il avec son sourire craquant.

Le reste de la soirée se passe comme un rêve éveillé. Noah m'a préparé une autre surprise : il nous a réservé une chambre au Royal. Je comprends mieux sa longue disparition du début.

— Noah, tu n'étais pas obligé !

— Je sais, mais je te rappelle que je veux remonter la pente avec toi, alors je me transforme en petit copain romantique et crétin à souhait pour que tu me trouves sérieux.

— Oh, le grand Noah est…

— Chut ! Un peu de pitié, Rochelle… Après toi, dit-il en ouvrant la porte d'une chambre au septième étage.

Je vous rassure tout de suite, il joue peut-être les crétins, mais pas au point d'avoir semé des pétales de roses et allumé des bougies. L'entrée de la chambre est normale, avec une moquette moelleuse et un canapé.

— *Ouf !* On ne nage plus en plein Disney, ça me rassure !

— Tu n'as pas tout vu, Rochelle !

Noah ouvre la porte intérieure avec un petit clin d'œil charmant. Accrochez-vous, il y a des pétales de roses rouges PARTOUT : sur le lit, sur le sol, sur les tables de chevet, partout.

— Noah, prince charmant des temps modernes ?

— Je sais que tu es une grande romantique.

On tombe à la renverse sur le lit, je pose la tête contre lui et j'écoute les battements de son cœur. Sa main vient se glisser dans mes cheveux, c'est… le moment que choisit mon portable pour sonner. *Zut*. Je cours à la salle de bains pour décrocher.

— Salut papa.

— C'était bien, ta soirée ?

— Très bien.

— Tu as pris une décision pour Noah ?

— Euh… Oui. C'est beaucoup plus clair maintenant.

— Je dois comprendre que tu ne rentres pas ce soir ?

— Voilà. J'y retourne, à demain, papa.

J'éteins mon portable pour ne plus être dérangée. Noah a fermé les yeux sur le lit. Il est complètement détendu et ne semble pas m'avoir entendue revenir. J'en profite pour mater ce dieu du stade, enfermé ici rien que pour moi ! J'adore le bleu de ses yeux qui se rouvrent à l'instant et me font déjà rougir.

— Ella, tu étais d'enfer avec ta robe, mais je t'aime aussi moins couverte !

— Vraiment ! Qu'est-ce qui te fait croire que je vais l'enlever ?

On joue au chat et à la souris jusqu'à ce qu'il m'attrape et me prenne sur ses genoux.

— On n'est pas obligés de faire quoi que ce soit, Ella. Je n'ai pas pris cette chambre pour te coincer, je voulais juste un endroit où on serait juste toi et moi.

Waouh, Flynn a réellement changé. C'est vrai que ma première fois aurait pu se passer ici si on n'avait pas précipité les choses il y a deux mois…

— J'en ai envie aussi, Noah.

Si on était dans un film, ce serait le moment le plus romantique, avec la petite musique en arrière-fond. Au lieu de ça, Noah murmure un truc que je ne capte pas parce qu'il m'étouffe aussi de baisers.

Je lui retire sa veste, il dénoue ma ceinture, je desserre sa cravate, il dégrafe ma robe. Maladroite, je lui arrache la moitié de l'oreille en tirant sur la cravate, il termine tout seul en vitesse.

Après, il n'y a plus que nous deux, je me laisse aller dans ses bras, jusqu'à plus soif.

CHAPITRE 25

Le lendemain matin, en rouvrant les yeux, je me retrouve nez à nez avec Noah. Il dort encore. Ses longs cils, paupières fermées, paraissent démesurés. Je me blottis contre lui et le regarde dormir. Je m'étais souvent demandé pourquoi, dans les films, les héros trouvaient autant de plaisir dans ce quart d'heure contemplatif. Maintenant, je comprends : l'autre est dans un état de paix et de détente totale, presque à votre merci.

Je me décide quand même à le tirer des bras de Morphée.

— Noah… Noah… réveille-toi !

Il marmonne, tend le bras sans ouvrir les yeux et me serre contre lui.

— Noah, c'est le matin !

Pas de réaction. Je dépose un petit baiser sur ses lèvres. Il s'étire, puis se gratte la tête.

— Si tu comptes réveiller le prince charmant tous les matins comme ça, je suis pour.

— Bonjour !

— Bonjour, ma princesse, viens plus prêt que je te voie !

Ses jambes s'enroulent autour des miennes, je les repousse en vitesse.

— Quoi ?

— T'as les pieds froids !

Il reprend là où on s'est arrêtés en évitant de me glacer les mollets, gentil Noah ! L'heure suivante passe bien trop vite, en cajoleries et en caresses. Jamais je n'ai été aussi heureuse.

Noah me dépose d'abord à la maison, j'ai décidé de différer les retrouvailles avec Lee (pourtant, je meurs d'envie de savoir s'il a enfin dit « je t'aime » à Rachel). Mais comme mon meilleur ami n'est pas encore très à l'aise avec ma relation avec Noah, je préfère prendre le temps de me démaquiller et de me changer.

— Ella ? j'entends à peine rentrée.

Grrr, papa et son oreille de Sioux…

— Oui, c'est moi.

Je le rejoins au salon où Brad fait l'âne avec sa Nintendo.

— C'était bien ? Il n'y a pas eu de problèmes ?

— Non. Juste une histoire d'allergie aux noisettes.

— Et après, tu étais où ?

— Avec Noah… Il avait réservé une chambre, j'achève dans un murmure quasi inaudible.

— Pardon ?

— Rien, il ne s'est rien passé, papa.

— *Ce rêve bleu. Je n'y crois pas c'est merveilleux !* se met à chanter Brad à tue-tête.

— Laisse ta sœur tranquille, Brad ! Et toi, Ella, ne me prends pas pour un vieux débris, s'il te plaît.

— Pardon. Si tu savais ce que Noah a fait hier soir ! Il m'a dédié une chanson et demandé devant tout le monde d'être sa petite amie. Tu vois, c'est sérieux.

— *Pour moi c'est fabuleux quand, dans les cieux, nous partageons ce rêve bleu à deux !* reprend cette petite peste de Brad avec des bruits de gros bisous.

On sonne à la porte.

— J'y vais, je m'empresse de dire.

— Hello, Rochelle, paraît que tu es retombée sur terre ! lance Lee dès que j'ouvre. Désolé de me pointer sans prévenir, mais ça hurle à la maison avec le retour de Noah.

— Pourquoi ?

— Parce que, je cite : « Dieu seul sait où il était la semaine dernière » et « qu'il va se faire virer du lycée comme un malpropre sans comprendre ce qui lui arrive ». Tu piges maintenant pourquoi je préférais filer à l'anglaise !

Aïe, les parents…

— Et sinon, c'était comment la fin de soirée ?

— Topissime ! Tu as raté le one-man-show de Warren en chanteur et danseur de karaoké qui demandait à toutes les filles si elles voulaient devenir sa petite amie ! C'était géant ! Et toi, euh… ta folle nuit d'amour ? Mais sans les détails, hein !

— Très bien. Et toi, avec Rachel, t'as conclu ?

— Ben non.

— Ah bon ? Je croyais que c'était une affaire quasi réglée ?

— Moi aussi, mais elle a dit qu'elle n'était pas prête.

— Du coup, t'es obligé de patienter !

— Eh oui !

— Elle sait que tu craques depuis des semaines ?

— Je crois…

— Ça y est, tu lui as dit ? Oui ! Quand ? Au clair de lune, pendant le slow ? Lee, parle !

— Du calme, miss Romance. Laisse-moi en placer une si tu veux tout savoir. Je lui ai dit pendant le slow, mais la musique était trop forte.

— Ou bien c'est toi qui ne parlais pas assez fort !

— Elle a dit « quoi ? », alors je l'ai répété plus fort, mais elle faisait toujours celle qui n'entendait rien. Alors j'ai hurlé « Je t'ai-me Ra-chel ! » et c'était super mignon, parce qu'elle était rouge tomate et que les couples qui dansaient près de nous applaudissaient. Quand elle m'a dit qu'elle m'aimait, elle était carrément rouge betterave et…

— Arrête de la traiter de betterave, bouffon.

— Et toi, arrête de m'interrompre, banane. D'abord, j'adore les betteraves à la vinaigrette… Bref, quand elle a dit qu'elle m'aimait, j'ai dit : « Quoi ? Je n'entends rien ! » Du coup, elle l'a hurlé aussi.

— Lee et Rachel, le couple sourd comme un pot. Tu l'as embrassée ?

— Yep ! Maintenant, tu vas te laver et te démaquiller, Rochelle Evans, parce que tu as l'air d'une noceuse !

— OK ! OK !

Lee rejoint mon père et Brad, je monte dans ma chambre. Il y a un petit truc qui me turlupine depuis que Brad m'a chanté *Ce rêve bleu*. Est-ce que je suis… amoureuse de Noah ? Vraiment amoureuse ?

C'est impossible, ce n'était pas sérieux jusqu'à hier soir, je ne peux pas…

Je le suis ?

CHAPITRE 26

Le soleil brille, il fait trop beau pour rester à l'intérieur, on lézarde dans le jardin. D'habitude on s'installe chez Lee, au bord de la piscine. Son jardin est beaucoup mieux que le mien et notre balancelle couine dès qu'on s'assoit dessus. Le gazon est moche, papa a trop de boulot pour s'en occuper, il est aussi trop buté pour embaucher un jardinier.

— Mon père enverra un texto après l'orage. Pour l'instant, je n'ai rien reçu, donc on reste ici, me répond Lee quand je lui suggère que ce serait plus cool chez lui.

— C'était si grave que ça ?

— Tu n'imagines même pas.

Son portable sonne au même moment, mais il ne décroche pas.

— C'est qui ?

— Noah. Je ne sais pas ce qu'il veut.

— Bah, réponds !

Il appuie sur le bouton.

— Ouais, allô ?

J'entends la voix de Noah, aussi ronchonne que celle de son frère, mais pas suffisamment fort pour que je comprenne.

— Rallume ton tél, Ella, Noah veut te parler, me dit Lee.

Chouette ! Je l'allume en vitesse.

— Enfin ! Ça fait des heures que j'essaye de t'appeler, Ella !

— Des heures ?

— Deux fois en quatre minutes.

— *Ah, ah,* monsieur l'impatient ! Qu'est-ce qui se passe ?

Je le sens soudain nerveux, gêné. J'ai l'impression qu'on me rince la tête à l'eau froide, ça sent le roussi.

Noah prononce la phrase que je redoute :

— Il faut qu'on parle, Ella.

Le seul mot que j'arrive à prononcer avant de raccrocher, c'est :

— OK.

— Quoi ? Qu'est-ce qu'il a dit ? s'inquiète aussitôt Lee.

— Il a… on va… au Starbucks.

— Respire, Ella… Essaye maintenant.

— Noah veut qu'on parle.

— T'es sûre ?

— Rendez-vous dans une heure au Starbucks.

Je monte dans ma chambre avec des jambes de plomb, c'est un mauvais rêve. Heureusement, papa travaille au salon et Brad est au parc avec des copains.

— Tu crois que c'est pour te dire quoi ? demande Lee en me courant après.

— Que c'est fini entre nous, évidemment.

C'est bien ce que disent les mecs quand ils veulent rompre, non ? « Il faut qu'on parle », « C'est pas toi, c'est moi », etc.

— Ella, allô ? Peut-être qu'il veut juste parler, pas rompre avec toi. Je ne vois pas pourquoi il le ferait après le cirque d'hier soir en public.

— Alors, pourquoi il n'a pas dit : « T'inquiète pas, Ella, c'est pas ce que tu crois » ?

Bon Dieu, comment on s'habille pour une rupture ? Je commence à vider mes tiroirs à la recherche d'une tenue de circonstance. Un truc trop mignon pour qu'il y réfléchisse à deux fois ou bien je garde mon vieux short en jeans et mon haut décoloré, comme si je m'en fichais ? Je décide de rester comme je suis mais de me maquiller.

— On se calme, Ella. Je suis sûr que tu te trompes. Ça serait complètement taré de sa part.

— Merci, Lee, c'est gentil.

Mes mains tremblent trop pour que je me maquille. Tant pis, j'abandonne. C'est moi la tarée, je n'aurais jamais, jamais, jamais dû craquer pour Noah. Je pourrais aussi le larguer la première, mais je n'y arriverai jamais. Lee, papa, Brad, Rachel, ils ont tous vu avant moi que j'étais amoureuse. Quelle crétine.

— Lee, y a un problème.

— Ah ouais ?

— Je suis amoureuse.

— Il était temps que tu le reconnaisses.

— T'avais deviné ?

— Bien sûr ! Je suis ta moitié, ton yang, ton double, banane !

— Qu'est-ce que je dois faire ?

— Franchement, je n'en sais rien, mais je ne m'inquiète pas, parce que je serai toujours là pour toi, que tu sois au fond du trou, enceinte ou bourrée comme un coing, je suis là !

— C'est vrai.

— Ton lot de consolation !

— N'importe quoi. Mon meilleur ami.

— Qui n'est pas aussi important qu'un amoureux, ajoute-t-il tristement. Je ne pourrai jamais rivaliser.

— T'es trop con, tu seras toujours le garçon le plus important de ma vie. Excepté mon père. Aucun mec ne nous séparera, tu piges ? Noah ou pas Noah.

— Aucune fille non plus. Copains comme la main !

— On vieillira ensemble.

— Je nous imagine déjà comme deux petits croûtons en train de se courser en fauteuil roulant !

— T'es rassuré maintenant ?

— Ouais. Tu ne t'es jamais demandé si, toi et moi, on n'aurait pas pu… se mettre ensemble ?

— …

— C'est juste une hypothèse de travail ! Mais tout le monde le pense.

— Les filles regardent trop de séries ! Ça ne marcherait jamais entre nous. Et puis, tu aimes Rachel.

— Et tu es avec Noah.

— Merci de me le rappeler.

— Merde, quel con. Je faisais tout pour que tu oublies.

— Bouge, faut que je me maquille.

— Je te dépose ?

— OK, merci.

Ma main ne tremble plus, c'est déjà ça. J'attrape un sac à main, Lee retrouve ses clés de voiture tombées sous le lit et nous partons.

— En route pour l'opération brise-cœur.

— Mais non, répond Lee en me donnant une grande claque dans le dos.

À cause des embouteillages, Lee me dépose avec cinq minutes de retard. La moto de Noah est déjà garée. Je jure de ne pas monter sur son engin s'il propose de me ramener. Lee m'accompagne jusqu'au Starbucks.

— Envoie-moi un texto, Ella, je viendrai te chercher. Et n'oublie pas : mon frère ne te mérite pas.

Après un garde-à-vous militaire pour rigoler, il s'en va. J'aperçois Noah, encore plus séduisant que d'habitude avec sa veste en cuir et sa mèche rebelle. Peut-être que je pense ça parce que je vais le perdre ? Il se lève quand j'arrive, ce qui me surprend.

— Salut, Ella. Assieds-toi.

J'obéis. Ensuite, ça dérape, on ouvre la bouche au même moment, on la referme, on recommence, comme des poissons.

— Vas-y ! on propose en même temps.

Il sourit, je rigole. Je voudrais que Lee ait raison, son frère est tellement craquant. Mais…

Mais.

Il y a toujours un mais.

Je ne dis plus rien, Noah non plus. On attend en silence que nos cafés soient prêts. Les gobelets arrivent, on les regarde. Noah se décide enfin.

— Il faut qu'on parle, Ella.

— C'est fini, tu veux rompre ?

Noah pousse un gros soupir, mon cœur me lâche.

— Harvard vient d'écrire. Je suis pris en Sciences de l'ingénieur à la rentrée.

— Harvard dans le Massachusetts ?

— Oui.

— *Waouh !* Bravo, c'est fantastique, dis-je d'une voix atone.

— Je sais, mais…

Nous y sommes. Cet horrible mot.

— C'est à l'autre bout du pays, Ella. Je voulais aller juste à côté, à San Diego.

— Pourquoi tu renoncerais à Harvard ?

— Mes parents veulent que j'y aille, évidemment. Ça les arrange de se débarrasser de moi. J'ai accepté mais je ne sais pas si j'ai raison.

— Noah ! Tes parents sont contents pour toi parce que Harvard, c'est dingue ! C'est normal qu'ils te poussent à accepter.

— Ils hurlaient comme des fous, c'était du délire à la maison ! Surtout après ce qui s'est passé avec toi et Lee. Bref, ils préfèrent que je sorte du paysage.

— N'importe quoi. Ils se font du souci, oui… Je suis contente pour toi, Noah.

Il prend mon visage entre ses mains, caresse ma joue. Mon petit cœur fatigué redémarre.

— Y a toi maintenant, Ella, ça change plein de choses.

Noah se penche et m'embrasse tendrement, comme s'il me savourait, me goûtait tout doucement. Au bout de plusieurs minutes, je ne sais pas combien, ses lèvres se séparent des miennes.

— J'ai été un super salaud… Et dire que je croyais tout arranger… Je ne veux pas te perdre, Ella, je ne veux pas rompre, je…

— Noah, arrête, tu ne…

— Je voudrais t'emmener quelque part.

— Où ?

— Surprise. Tu vas aimer. Faut juste partir maintenant si on veut arriver à temps.

Je me dépêche d'avaler mon café. Noah éclate de rire parce que j'ai de la crème sur le bout du nez. Je me souviens brusquement d'un truc.

— Bon Dieu, je ne peux pas aller avec toi.

— Pourquoi ?

— Tu es à moto. Plus jamais ça.

— Allez ! Essaye, tu vas adorer. Je t'autorise même à te serrer contre moi.

— Non, je suis désolée, Noah.

— Je te jure que ça en vaut la peine, j'accepte d'être ton esclave à genoux jusqu'à la fin des temps, si tu viens !

Et il ajoute un petit baiser. *Tsss*, comment refuser ?

— Esclave à vie ?

— Juré, craché ! De toute façon, tu vas adorer !

— Je te déteste, Noah Flynn !

CHAPITRE 27

Il me colle un casque sur la tête, me l'accroche, puis enfourche sa moto que je trouve encore plus monstrueuse et mastoc. Je monte à mon tour et m'agrippe aussitôt à sa taille. Je transpire déjà, mon cœur cogne trop fort. Je ne sais pas où on va, mais il a intérêt que ça en vaille la peine.

— Euh… Noah, j'ai changé d'avis.

Le moteur rugit, la moto bondit. Il rigole, je ferme les yeux en le serrant comme une folle. Le vent fouette mes bras et mes jambes nus, j'ai la chair de poule. Heureusement que mes cheveux sont coincés sous le casque, j'aurais moins l'air d'un pétard à l'arrivée.

Deux coups de klaxon furibonds, c'est sûrement pour nous, mais je garde les paupières fermées.

Je déteste la moto, je déteste la moto, je déteste la moto.

J'aime Noah, j'aime Noah, j'aime Noah.

Tout s'arrête, c'est le silence. Noah détache mes bras quasi encastrés sur sa taille. Je rouvre les yeux. Tiens, je reconnais cet endroit : nous sommes à l'entrée du parc en dehors de la ville. On y venait souvent avec Lee parce qu'il y a une belle piscine en pleine nature.

— Avoue que c'était bien, me demande Noah.

— Je crois que je vais vomir et j'ai les jambes en bouillie.

Il éclate de rire, sort une grande couverture de sous la selle et me prend par la main.

— Dépêche-toi, Rochelle, on va être en retard.

On grimpe par le petit chemin qui mène au sommet de la colline. Une fois là-haut, Noah étale la couverture sous un grand chêne.

Maintenant, je sais pourquoi nous sommes venus ici : on surplombe toute la ville, la vue s'étend jusqu'à l'océan. Le coucher de soleil rougeoie, des nuages rose et argenté flottent. Leurs couleurs se reflètent dans la mer pour la transformer en une palette flamboyante.

L'énorme boule orangée descend lentement, tout est calme, loin des bruits. Il n'y a que la brise qui souffle dans les feuilles.

— *Waouuh.*

Je ne trouve pas de mots.

— Je te l'avais dit, Ella !

Il me sourit de son fameux sourire à fossettes qui étire ses yeux bleus.

— C'est sublime.

— Oui, tu es sublime, Ella, murmure-t-il.

— Et toi, ringard, Noah !

— Mais tu adores ça, Ella !

— Je n'en reviens pas que tu m'aies emmenée ici. C'est tellement… romantique.

— Je t'ai dit que je ferai tout pour me rattraper. Je savais bien que tu aimerais ! Encore un quart d'heure et j'envoie la suite, dit-il en consultant sa montre.

— Quoi ? Qu'est-ce qui va se passer ?

Noah glisse sa main sur ma nuque, m'attire vers lui. C'est reparti pour un baiser de cinéma, tendre, long et doux à la fois. On reste serrés l'un contre l'autre, c'est magique. Puis, il m'allonge, sans que nos lèvres se quittent. Je ne suis pas dans un rêve, c'est réel, c'est fou, même les étincelles qu'on dégage à force de s'embrasser sont réelles. On dirait que ça explose.

Je me redresse. Oui, il y a bien un feu d'artifice dans le ciel devenu noir ! Les fusées jaillissent, sifflent, détonent et disparaissent en un ballet multicolore de vert, rouge, bleu, doré.

— Oh, là, là !

— J'avais lu qu'un feu d'artifice était prévu sur la plage, mais je ne sais plus pour quelle occasion.

— C'est dingue ! T'es vraiment trop mignon, Noah ! Pourquoi tu fais tout ça pour moi ?

— Rochelle, pas mignon, s'il te plaît, ronchonne-t-il.

— Réponds à ma question !

— Parce que tu mérites bien plus qu'une danse, bien plus que ça. Parce que…

— Noah, je…

Ses lèvres reviennent écraser les miennes. Le feu d'artifice continue de se mélanger aux étoiles.

— Je t'aime, Ella.

Oh, respire, Ella. Il y a un blanc dans ma tête, mon cœur hésite entre le hoquet et la panne générale. Respire. Respire.

— Dis quelque chose, Ella. Je suis à poil devant toi et tu restes muette comme une carpe.

Je me jette sur lui en riant, je l'embrasse comme une folle, je lui laboure le cuir chevelu, nos langues dansent comme des furies. Une fusée violette explose juste au-dessus de nous.

— Je t'aime, Noah.

— *Ouf*, merci, mon Dieu, j'ai cru que je t'avais asphyxiée.

— Non ! Toujours là !

Il me serre dans ses bras, je cale ma tête au creux de son cou, notre spectacle féerique se poursuit. C'est merveilleux, le temps peut s'arrêter.

Noah a dit qu'il m'aimait. Il m'aime. Il m'aime. Je suis amoureuse du frère de mon meilleur ami et il m'aime.

Il m'aime.

— Noah ?

— Oui.

— Qu'est-ce qu'on va devenir ?

Il tournicote une boucle de mes cheveux entre ses doigts, soupire, pose le menton sur le haut de mon crâne.

— Je ne sais pas, Ella. Je ne veux pas te quitter… mais il y a Harvard… Je t'aime. Je ne sais vraiment pas ce que je dois faire.

— Tes parents sont au courant pour nous ?

— Je leur ai dit une fois qu'ils étaient calmés. Si tu les avais vus quand je suis arrivé ! Tu te souviens de la méga crise que ma mère avait piquée contre Lee et toi quand vous aviez organisé la bataille de tomates dans la cuisine ? C'était mille fois pire !

— *Ooooh.*

— Ma mère s'est radoucie la première quand je lui ai raconté ce que j'avais fait pour te reconquérir. Elle a trouvé ça « romanesque » !

On reste un long moment silencieux, l'esprit et les doigts enlacés. J'aimerais lui dire d'abandonner Harvard parce que je sens qu'il n'attend que ça, mais je m'en empêche. Je n'ai pas le droit de le retenir.

— Tu as envie d'y aller, n'est-ce pas ?

Noah réfléchit un long moment, sourcils froncés, visage fermé.

— Oui, articule-t-il enfin. Je veux y aller, et je ne veux pas t'abandonner… Je ne veux pas te quitter, Ella.

— Moi non plus je n'ai pas envie que tu partes, Noah. Mais on sait tous les deux que tu regretterais de laisser passer une aussi belle opportunité.

— Je sais.

— Alors, vas-y, Noah.

Ses lèvres chaudes cherchent les miennes, s'arrêtent en route pour mordiller le lobe de mon oreille.

— Je t'aime, Ella.

— Moi aussi, je t'aime.

CHAPITRE 28

Le lendemain, Lee et moi allons au centre commercial pour acheter nos cadeaux d'anniversaire et louer nos déguisements. Je lui choisis un nouveau portefeuille, le CD dont il n'arrête pas de parler et un T-shirt super cool, il va l'adorer. On se retrouve à sa voiture avec nos emplettes.

— Alors, je te l'avais dit qu'il était méga accro, hein ? répète Lee à propos de son frère pour la millième fois de la journée.

— Oui, Lee, tu me l'avais dit, tu avais raison !

— *Aaaah*, ça me fait un bien fou de l'entendre ! Continue, Ella.

Tsss, je lève les yeux au ciel, quelle glu celui-là.

— N'empêche, je n'en reviens toujours pas que tu sois OK pour qu'il parte à Harvard.

— Lee, je ne suis pas OK, mais je ne me vois pas le piéger ici alors qu'il est accepté à Harvard. En plus, il a envie d'y aller et c'est normal.

— Vous allez essayer l'amour à longue distance ?

— A priori oui, mais on verra où on en est à la fin de l'été.

— N'oublie pas ce que je t'ai dit : je suis là pour ramasser les morceaux, ton pote à la vie à la mort.

Mon cher et irremplaçable Lee.

L'école est finie, je suis bien contente. D'abord parce que j'en avais ras le bol des pots de colle et de leurs questions. Ensuite, parce que notre soirée anniversaires déguisée arrive et que ça va être TOPISSIME !

Ce soir, je suis en conférence téléphonique avec Karen et Olivia.

— Si vous ne savez pas encore, déguisez-vous en James Bond Girls ! je leur suggère.

— Vous serez comment, Lee et toi ? demande Karen.

— Lee en Batman, moi en Robin !

J'entends un bip dans mon portable.

— Bye, les filles, j'ai un appel urgent !

— Lequel des frères Flynn ? demande Olivia.

— Noah !

L'amour me rend crétine, je sais. Quand Noah me téléphone, j'arrête tout ce que je suis en train de faire. Mais vous savez quoi : je m'en fiche, je suis trop contente !

La remise des prix est terminée pour les terminales, l'année prochaine ce sera notre tour à Lee et à moi. June était émue aux larmes quand Noah est monté sur l'estrade. Moi aussi, j'avoue que j'étais fière de lui, mais j'avais aussi un gros nœud à l'estomac à cause de son prochain départ. C'est trop injuste, pourquoi Harvard est-il à l'autre bout du pays ? Pourquoi fallait-il que je tombe amoureuse maintenant ?

Noah nous rejoint.

— Félicitations, frangin, tu l'as fait ! lance Lee avec une grande tape dans son dos.

— Merci. À toi de reprendre le flambeau avec un max de bagarres sans te faire virer du bahut !

— Juré, craché !

— Et toi, Ella, tu n'as rien à me dire ? plaisante Noah.

— Ça dépend !

— T'as raison, gardes-en pour ce soir !

Je bats mon record de passage au rouge tomate en moins de trois secondes.

— Beurk, stop, les amoureux, on ne veut pas savoir ! braille Lee. On change de sujet : Noah, tu as ton déguisement pour ce soir ?

— Bonne question : non.

— Non ? je m'exclame. Mais, Noah…

— Eh, on se calme, j'ai aussi oublié de remettre de l'essence dans ma caisse, alors.

— Flynn, ramène-toi pour les photos ! hurle quelqu'un de sa promo.

— OK. Je vous retrouve ce soir, les deux pingouins.

Et il s'en va.

— Viens, Robin, je t'invite dans ma Batmobile, me propose Lee.

— Let's go !

On part bras dessus bras dessous, copains comme les doigts de la main. Je ne pourrais pas être plus heureuse : après le super méli-mélo de ma relation avec Noah, j'ai toujours mon meilleur ami.

CHAPITRE 29

— Ella, c'est toi ? s'écrie June lorsque j'entre chez les Flynn.

— Oui !

— Hello ma belle. J'étais en train de ranger quelques bibelots pour éviter la casse.

— Bonne idée. Je monte me préparer en vitesse.

Ce soir, la maison est à nous, les parents de Lee sortent au théâtre avec mon père.

Lee est dans son capharnaüm habituel, musique à fond. Il baisse le volume en me voyant entrer. Je sors ma robe du sac.

— J'espère que ça va aller, je ronchonne.

Elle ne me plaît qu'à moitié : je trouve la jupe un peu courte, et le haut a l'air carrément trop petit.

— Habille-toi. Je ne te regarde pas !

Et pour le prouver, ce crétin enfile son masque de Batman à l'envers. J'ôte quand même mes vêtements en vitesse puis saute dans ma robe. J'ai les seins comprimés comme des obus rangés, j'entends des craquements douteux en remontant la fermeture Éclair. Lee retire son masque pour me donner son avis.

— T'as pris trois tailles de soutif en dessous ou quoi ?

— Non, espèce de bouffon !

Mais j'avoue que je peux à peine respirer.

— J'aime bien ! conclut Lee.

— Sûr ?

— Affirmatif. Tu sais très bien qu'il y aura pire que toi ! De toute façon, tu n'as pas le choix, c'est Robin un peu serrée ou Playmate en maillot de bain, à toi de choisir.

Groumpf.

Une heure plus tard, je suis coiffée, les cheveux épinglés et ramenés sur l'épaule gauche en grosses boucles. Lee est un super Batman, j'ai quand même l'air de Robin, près de lui.

Mon père passe chercher les parents Flynn, Cam et Dixon arrivent pour aider à pousser les meubles, une organisation impeccable.

Cam est en vieux lord anglais à perruque blanche, Dixon en capitaine Jack Sparrow.

Les préparatifs vont bon train, à quatre c'est plus facile et la maison est grande. Lee installe les haut-parleurs. C'est parti pour la musique, nos premiers invités arrivent déjà.

Notre soirée se transforme vite en un défilé de personnages de films ! On a des princesses Disney, des fées, une Alice au pays des merveilles très ressemblante grâce à Candice. Son copain est en Johnny Depp. J'ai vu passer un Edward aux mains d'argent, mais je ne sais plus qui c'est. Grâce à ses cheveux roux, Karen est une super Ginny de Harry Potter. Bien sûr, on a aussi des super-héros ou héroïnes : Spider-Man, Wonder Woman et Captain America. Warren est en Dumbledore, mais sa barbe ne tient pas.

Mon premier prix va à Tyrone et Jason, ex aequo. Tyrone est arrivé torse nu, en jeans tout déchiré. Moi, j'ai deviné tout de suite : le loup-garou de *Twilight* ! Il a même coupé la queue d'une peluche de sa sœur pour faire plus vrai ! Jason s'est pointé juste derrière, en chemise bleu pâle déboutonnée pour montrer ses abdos, les cheveux dressés sur la tête et le corps couvert de paillettes dorées.

— T'es en quoi ? a demandé Tyrone.

— En vampire. LE vampire.

Jason est Jacob de *Twilight* et Tyrone est Edward, ils ne se sont même pas concertés !

J'oublie les Ninjas, les pirates, un Dracula, des sirènes et un GI Joe. Bref, notre fête est d'enfer avec tous ces déguisements. Je n'ai toujours pas vu Noah, mais puisque je m'amuse comme une folle, je n'y pense pas trop.

Une bande de garçons chahute près de la piscine, Dixon tombe à l'eau. Moi qui me demandais où était passée la bouteille de rhum…

— Bon anniversaire, Ella !

Deux bras m'encerclent.

— Enfin !

Noah est en complet trois-pièces à rayures fines, le Borsalino planté bas sur le front, chemise blanche, cravate noire, il porte des chaussures impressionnantes, très pointues et si brillantes que je me vois dedans !

— Al Capone ? Tu es très…

— Non ! Ne dis pas ce mot, s'il te plaît !

— Je n'ai pas eu mon baiser d'anniversaire, je lui chuchote à l'oreille.

Son visage s'éclaire, une étincelle s'allume dans ses yeux. Il se penche et caresse doucement mes lèvres avec les siennes.

— Mais où est donc passée mon innocente, douce, naïve, petite Ella Evans ?

— Je crois qu'un épisode stand à bisous est passé par là ! Alors, ce baiser d'anniversaire ?

— Théoriquement, ce n'est pas encore ton anniv, ma chère Robin.

Il me fait un simple bisou sur la joue et s'en va. Je suis choquée.

— Eh ! C'est tout ? Tu crois que tu vas t'en sortir comme ça ?

— N'oublie pas que je suis le roi de la pègre.

— Très drôle.

C'est plus fort que moi, je lui tire la langue comme une gamine. Noah éclate de rire à s'en rouler par terre.

— Ella ! Je t'adore !

Al Capone me prend enfin dans ses bras, j'en ai les genoux qui tremblent tellement je craque pour lui.

— Profite de ta soirée, Ella, je te retrouve plus tard.

— Oh ! Le grand Noah me donne quartier libre ?

— Avec modération, hein ! Tu es très, très appétissante ce soir, n'oublie pas.

J'attrape une canette de Coca au passage et je vais danser. Les filles me disent les unes après les autres qu'on forme un couple idéal, Noah et moi.

— J'aimerais bien être à ta place, soupire Tamara.

— Quoi ? Sortir avec Noah !

— Non, vivre un conte de fées !

CHAPITRE 30

J'aurais aimé vivre en plein conte de fées, parce que la soirée a filé beaucoup trop vite. À deux heures du matin, la maison était vide, il ne restait que Noah, Lee, Rachel et moi. On a nettoyé jusqu'à trois heures, ensuite Rachel s'est écroulée sur l'épaule de Lee dans le canapé et moi sur les genoux de Noah, en face d'eux. Sa main me caressait les cheveux, j'ai fermé les yeux pour en profiter encore plus. C'était divin.

— Noah ? Tu penses à quoi ?

— À nous deux… À l'année prochaine, dit-il en bâillant. Ella, je ne veux pas que tu t'empêches de vivre en attendant que je revienne. Je sais que c'est zarbi de te dire ça après le cirque que je t'ai fait… Ce serait injuste si je t'obligeais à rester enfermée chez toi. Je suis fatigué, là, et je suis plutôt mauvais en Roméo.

— Les salades sentimentales, c'est ça ! Tu vas me manquer.

Noah ne répond pas mais ses délicieuses caresses redoublent d'intensité. Lee ronfle. Noah s'allonge et me serre contre lui.

— Ella.

— *Mmmm*… Quoi ?

— Je t'aime.

Je me cale dans sa chaleur et je pars au pays des rêves.

Aucun de nous ne se réveille quand, au matin, les parents s'activent dans la cuisine ou dans la maison pour ranger. Je lève un œil vers quatorze heures. Noah a disparu du canapé. Son texto m'explique qu'il est parti dans une casse chercher des pièces pour bidouiller sa moto. Je n'y comprends rien de toute façon. Lee et moi jouons aux jeux vidéo une partie de l'après-midi, et ensuite, c'est officiellement notre anniversaire.

Quand je me couche le soir, impossible de m'endormir, je fixe le plafond. Dix-sept ans. J'ai l'impression d'avoir grandi d'un coup et ça m'angoisse de penser aux grandes décisions qui se profilent. Choisir des études supérieures, une université, un métier, une carrière… Alors que je ne sais pas. *Je ne sais rien.*

Bien sûr, il y a des bons côtés, comme avoir un petit copain, passer son permis de conduire, affirmer ses idées et bla-bla-bla. Mais vous trouvez ça crétin de souhaiter que rien ne change ? J'aimerais encore rentrer en courant à la maison pour que papa soigne mes bobos en soufflant dessus et en collant un sparadrap à coccinelles ; sauter dans la piscine de Lee pour un méga *splatch* sans craindre de perdre mon haut de maillot de bain…

Ma porte s'ouvre.

— Bon anniversaire, la dondon !

Ce brigand de Brad. Je lui balance mon oreiller mais il l'esquive en hurlant de rire.

— Il est encore trop tôt.

— M'en fous, tu te lèves. Et puis, je t'ai dit « bon anniversaire ».

— Merci, Brad.

— Dépêche-toi, papa t'attend.

Sur ce, il me jette mon oreiller à la figure et ne me rate pas, le cochon.

Aujourd'hui, comme chaque année, on ira déjeuner au resto avec Lee, ses parents, mon père, Brad et Noah. C'est une tradition.

Quand mes grands-parents habitaient ici, et bien sûr quand ma mère était de ce monde, ils venaient aussi.

Je m'habille en vitesse pour descendre à la cuisine.

— Bon anniversaire, ma grande fille !

Un énorme gâteau au chocolat trône sur la table avec un glaçage blanc affichant « Joyeux 17 ans ».

— On s'est levés aux aurores avec Brad pour le préparer !

Miam, je les adore !

À midi trente, on part au restaurant. J'ai mis une jolie robe d'été bleu foncé avec des fleurs jaunes et mes sandales dorées. Les Flynn arrivent presque en même temps. Noah m'adresse un super clin d'œil, et Lee me saute dessus.

— Bon anniversaire, bouffonne !

— Bon anniversaire, bouffon. Rachel t'a fait un baiser d'anniversaire ?

— Ça se pourrait !

— Vous êtes trop mignons, ensemble ! Comme Spider-Man et Mary Jane. Je ne sais pas qui sort avec Batman.

— Ah, ah ! Et toi, la Belle et la Bête ? Toi, dans le rôle de la Bête évidemment, vu que mon frère a les mêmes gènes que moi !

On s'installe à table, Lee et moi, l'un à côté de l'autre, Noah, en face, pour une fois.

— Ella t'a offert quoi, Lee ? demande mon père.

— Je ne sais pas, j'attends encore !

— Et toi, Ella ? demande Matthew, le père de Noah et Lee.

— J'attends aussi !

Le serveur distribue les menus, on se plonge dans la lecture. La tête de Noah est entièrement cachée par la carte, je ne vois que ses coudes.

Mon portable vibre. *Tu es à croquer.* C'est Noah !

Merci !

Tu fais quoi après ?

Rien de spécial.

J'ai prévu un truc pour la Birthday Girl.

— Ella, pas de portable à table ! me réprimande papa.

— Désolée.

Noah reste caché derrière son menu, je suis sûre qu'il se marre bien.

Après le déjeuner, on retourne chez les Flynn pour ouvrir nos cadeaux, comme d'habitude, et manger le gâteau préparé par papa et Brad.

Lee reçoit des CD et des vêtements de ses parents, un nouvel autoradio de Noah. Il devine le titre du CD que je lui offre avant même de le déballer – ce qui n'était pas compliqué vu que je lui avais interdit de télécharger la musique. Le portefeuille lui plaît. Quand il déplie le T-shirt (bleu, avec une flèche qui pointe vers le haut et la mention *I'm stupid*), il éclate de rire et me fourre son paquet dans les mains :

— Tiens, Ella !

Vous ne devinerez jamais ce que je trouve dans sa pochette… Le même T-shirt *I'm stupid* en jaune, acheté dans le même magasin ! Quand je disais qu'entre lui et moi, c'était spécial.

— Vous vous êtes concertés ? demande papa.

— Non ! on répond en chœur.

— C'est de la télépathie ! explique Lee.

Il m'a aussi offert deux livres, des histoires de vampires, parce que je les adore. Reste un dernier paquet avec une tonne de scotch autour. Je suis obligée de l'attaquer avec les dents.

— Dépêche ! s'impatiente Brad.

Le petit sourire en coin de Lee ne me rassure pas. Il y a encore de l'emballage à l'intérieur, ça n'en finit pas.

— C'est quoi ? piaffe Brad.

Quand je parviens enfin à jeter un coup d'œil, je vire écarlate et je le lâche comme si ça me brûlait les doigts.

— Lee !

— Quoi ? Je ne suis pas pressé d'être tonton, j'ai encore le temps !

— Tu n'aurais pas pu me l'offrir en privé, crétin ?

Papa fait semblant de ne pas avoir vu la boîte de préservatifs fluo, mais je vois bien qu'il est mal à l'aise. Noah se lève et met la boîte dans sa poche de jeans.

— Merci, Lee, je la garde à portée de main, lui dit-il.

Je ne savais pas que je pouvais virer encore plus rouge. June manque de s'étrangler, les parents ont tout entendu, c'est certain. Mais cela ne semble pas gêner Lee le moins du monde. Paternaliste, il me tapote la joue.

— Je fais attention à toi, Ella, rien de plus.

— J'ai pas bien vu, c'était quoi ? insiste Brad, avec un air angélique.

— Laisse tomber, Brad, je gronde.

— Une boîte de Tampax ! répond Lee.

— Sérieux, tu m'énerves, bouffon !

— Je sais !

Rassurés que la boîte de préservatifs ait disparu des radars, les parents se rapprochent. Papa me tend un étui en velours noir.

— Ta maman la portait, Ella. Elle m'avait demandé de te la donner.

L'étui contient la montre en argent de maman, celle que j'adorais regarder sur sa table de nuit parce que les heures sont marquées par des topazes. Maman m'a appris à lire l'heure dessus.

— Elle est magnifique, s'exclame June.

Je ne fonds pas en larmes, pourtant ma mère me manque chaque jour et encore davantage en cet instant. J'accroche la montre à mon poignet pour l'admirer. Le métal est froid sur ma peau.

— Merci, papa.

Ses yeux sont tristes mais son sourire est joyeux. Il sort une autre boîte en velours de sa poche.

— Encore ! Une clé ? Bon Dieu ! Une clé de voiture !

Tout le monde éclate de rire.

— Merci-merci-merci-merci-merci-merci papa !

— Tu ne l'as pas encore vue !

— Ça pourrait bien être une vieille guimbarde toute cabossée ! rigole Noah.

— Elle est dans le garage ! précise June. Il fallait bien la camoufler quelque part.

Je sors en courant, je les entends qui me suivent. J'allume le plafonnier pour ne pas me cogner dans les outils de Noah, et je la vois ! Ma première voiture ! Une Ford Escort bleu nuit avec une paire de dés rose fluo accrochés au rétro intérieur.

— Les dés, c'est mon idée, précise Matthew.

J'ouvre la portière. L'intérieur sent le vieux cuir et le pin. Elle a roulé, mais je l'aime instantanément, ma voiture !

— Lee, je ne serai plus obligée de me ruiner en pizzas et en sundaes ! Papa, elle est super, merci !

— C'est loin d'être une première jeunesse, mais tu seras plus à l'aise, elle ne craint pas les bosses.

— Je sais conduire, papa !

On repart souffler les bougies. Quel super anniversaire !

CHAPITRE 31

— C'est quoi ce que tu as prévu alors ?

Nous sommes dans la cuisine, j'aide Noah à ranger les assiettes dans le lave-vaisselle. Lee installe son autoradio, les parents discutent, Brad regarde la télé. Cela faisait un moment que j'attendais d'être seule avec Noah.

— Si je te le dis, ce n'est plus une surprise !

— *Rooh*, j'étais sûre que tu répondrais ça.

— T'aimerais savoir si le cadeau de Lee sera utile ? chuchote-t-il à mon oreille.

J'avoue que sa petite phrase me coupe la chique.

— Ce n'est pas ce que j'ai prévu, rassure-toi ! J'ai prévu de t'emmener quelque part, c'est ça la surprise. Tu vas aimer… Maintenant, si tu veux qu'on utilise le cadeau de mon cher frangin, pas de problème !

C'est reparti pour miss Tomate, Noah éclate de rire et me prend dans ses bras.

— Je t'aime, Ella ! On y va ?

— Moi aussi, je t'aime… On prend ma voiture ? S'il te plaît !

— OK, mais tant pis pour toi si tu devines.

C'est parti, au volant de ma Ford Escort avec Noah en copilote. J'écoute ses indications sans poser de questions tellement je me concentre sur la conduite. Du coup, je n'ai strictement aucune idée de l'endroit où nous allons.

— La prochaine à droite… Maintenant, tu cherches une place.

Nous sommes arrivés. Je me remets en mode Ella-redescend-sur-terre, j'ouvre les yeux pour me repérer. Je ne reconnais pas l'endroit. Noah s'arrête à l'ombre d'une grande marquise à rayures, puis entre dans la boutique. Une cloche tinte. *Hummm*, ça sent le chocolat fondu et la praline ! L'intérieur est cosy, il y a même une vieille caisse enregistreuse sur le comptoir.

— Bonjour ! Je peux vous aider ?

La dame, avec ses cheveux blancs en chignon, et son tablier rose à volant, semble sortie d'un dessin animé Disney.

— Bonjour, madame, je vous ai téléphoné… Noah Flynn.

— Bien sûr ! Tout est prêt, je reviens.

— Tu as appelé pour commander ? Comment tu connais un endroit pareil ? On se croirait dans *Charlie et la chocolaterie*.

— Ta mère avait parlé de cette boutique à ma mère. J'y suis venu quand j'avais huit ans !

— Voilà pour vous ! dit la dame en rapportant une belle boîte blanche décorée d'un gros nœud violet. Vous n'êtes pas allergique aux noisettes, mademoiselle ?

— Non.

— Parfait ! Tenez, goûtez-moi ces petits chocolats, ce sont des orangettes confites, ma nouvelle spécialité !

La clochette tinte, une cliente entre.

— Hello, Mabel ! lance notre charmante grand-mère-bonbon.

Noah remplit un sachet de palets au chocolat blanc et chocolat au lait, puis se dirige vers la caisse.

— Vous êtes bien mignons tous les deux ! nous dit notre bavarde. Vous êtes ensemble depuis longtemps ?

Noah grimace d'abord au mot « mignon », puis répond en me regardant tendrement.

— Plusieurs mois, mais on se connaît depuis tout petits.

— Bravo ! Oui, vous êtes très mignons, et je m'y connais en petits couples !

On ressort de la charmante boutique avec nos emplettes et mon cadeau d'anniversaire. Noah me prend par la taille, je pose la tête sur son épaule.

Je sais, c'est très cliché, mais je suis bien et je l'aime.

CHAPITRE 32

Les journées de vacances filent à toute allure, c'est vertigineux. Pour gagner un peu d'argent, je promène les chiens du voisinage. Noah m'accompagne parfois. Quand papa travaille, il me demande de faire le taxi pour Brad. Ça m'entraîne à la conduite.

Un jour, au bord de la piscine chez les Flynn, avec Cam, Rachel et May, Lisa propose un truc nouveau pour moi :

— Journée shopping entre filles demain !

— Cool ! répond Rachel. Ella, tu viens ?

— Tu veux y aller sans moi, ton styliste personnel ? s'insurge Lee.

— Je te rapporterai quand même une glace !

— Tu achèteras surtout de la lingerie sexy pour Noah ! clame Dixon en sortant de l'eau.

Encore une remarque à laquelle je ne sais pas répondre. Lee l'asperge en pleine figure, Dixon avale au moins trois litres de flotte javellisée.

— Tu ne parles pas comme ça à ma meilleure amie, crétin, c'est dégueu ! râle Lee.

Finalement, j'ai trouvé la séance shopping entre filles plutôt sympa.

Le lendemain, jour de valises en prévision de notre départ à la mer – ce qui me prend des heures parce que je n'arrive pas à choisir. On part chez les Flynn, comme chaque année… Sauf que cette année, ce n'est pas pareil : Noah repartira deux jours avant la fin avec son père, pour aller visiter le campus de Harvard.

La maison de la plage n'a pas changé, sauf sa peinture qui est un peu plus écaillée. Dès le premier soir, nous nous sommes retrouvés, Noah et moi, pour une longue promenade sous les étoiles. Je suis bien contente que Rachel soit venue quelques jours pour Lee, je me sens moins écartelée entre mon petit ami et mon meilleur ami.

Noah m'a emmenée au ciné de plein air, en balade sur sa moto, manger des glaces, pêcher la dorade. Il a même essayé de m'apprendre à conduire son bolide, mais c'était mission impossible : j'ai encore plus peur quand je suis devant !

Le jour fatidique du départ de Noah est arrivé, on l'accompagne tous ensemble à l'aéroport.

Une voix annonce le vol 8-0-5 pour Boston : « Les passagers sont priés de se présenter porte 5 pour l'embarquement. » La main de Noah se crispe sur la mienne.

— Je crois que c'est l'heure, mec, lui dit Lee. Salut. Bonne rentrée à Harvard.

— Pas de bagarres, fiston, dit Matthew.

— Appelle-nous quand tu seras installé, demande June.

Sa mère sourit mais ses yeux sont remplis de larmes. Oui, c'est dur pour elle de laisser partir son fils aîné à l'autre bout des États-Unis… Pour moi aussi.

C'est mon tour de l'embrasser. Je ne veux pas qu'il s'en aille, je l'aime, je ne sais pas ce que nous deviendrons aussi éloignés l'un de l'autre. La vie n'est pas un conte de fées, je tomberai peut-être amoureuse des dizaines de fois avant de trouver le bon. Ou peut-être que le bon, c'est bel et bien Noah…

Je l'accompagne jusqu'à la porte 5, les passagers embarquent déjà.

— Nous deux, ça va marcher, Ella.

— C'est toi le romantique maintenant !

— Tu vas me manquer.

— Toi aussi, tu vas me manquer.

— Je t'appelle quand j'arrive.

— Appelle surtout ta mère !

Il m'enlace, me serre très fort contre lui. Je retiens mes larmes.

« Dernier appel pour les passagers du vol 8-0-5 en partance pour Boston, porte 5. »

Je m'imprègne une dernière fois de son odeur de citronnelle, de la pression de ses bras sur ma taille, de la chaleur de son baiser sur mes lèvres… Tout, je veux tout garder sur moi, en moi, avec moi.

— Je t'aime.

— Je t'aime… si fort.

— On va essayer, Ella.

Alors que mes doigts jouent avec sa mèche rebelle, caressent l'arête de son nez, glissent le long de sa mâchoire, de délicieux frissons me parcourent tout entière. Ils véhiculent la joie, la tristesse, l'espoir, la peur, tout ce que m'apporte ce dernier baiser de Noah.

— Je dois y aller.

— Bonne chance, Noah.

— Rochelle ! Tu oublies à qui tu parles, Flynn n'a pas besoin de chance !

Je ris, une larme salée roule jusqu'au coin de ma bouche. Noah disparaît dans le couloir. Je reste derrière les baies vitrées pour regarder son avion. Un bras fraternel vient se poser sur mon épaule. Lee ne dit rien, c'est inutile. Il est là, pour moi, comme il l'a toujours été.

L'avion de Noah décolle. Peut-être que notre relation à distance fonctionnera. Je l'espère, je croise les doigts même. Peut-être aussi que ce sera trop dur, que nous rencontrerons de nouvelles personnes, qu'il changera… Mais au fond de moi, je sais que j'aimerai toujours Noah Flynn, le garçon le plus craquant et bagarreur du lycée, celui que je n'oublierai jamais.

— Tout ça à cause d'un simple stand à bisous ! dit Lee.

Mon meilleur ami saura toujours me faire rire. Il me donne une bourrade, je le tape dans le dos, on repart, bras dessus bras dessous. L'avion est déjà haut dans les nuages.

REMERCIEMENTS

Un immense merci à l'équipe de Random House, plus particulièrement à Lauren, mon éditrice fantastique qui s'est montrée brillante. Un autre grand merci à l'équipe Wattpad et à tous ceux qui ont suivi mon histoire : vous m'avez aidée à chausser des bottes d'écrivain, je vous en suis reconnaissante. Sans vous, je ne serais jamais allée jusque-là.

Merci à mes professeurs de A Level et à ma Head of Year, pour l'indulgence dont ils ont fait preuve à mon égard, parce que j'étais TRÈS occupée ! Votre soutien et vos encouragements n'ont pas de prix.

À tous ceux du Fishbowl (autrement dit la salle commune de l'école), je suis trop contente de vous avoir. Vous m'avez inspirée et soutenue, parfois sans le savoir. Amy, Caroline,

Kate, Abi, je ne sais pas où j'en serais sans vous. Merci, James, de m'avoir encouragée à persévérer et à ne jamais laisser tomber. Merci, Aimee J, pour la réserve inépuisable de rire que tu apportes dans ma vie.

PAPIER À BASE DE FIBRES CERTIFIÉES

Le Livre de Poche s'engage pour l'environnement en réduisant l'empreinte carbone de ses livres. Celle de cet exemplaire est de :
300 g éq. CO_2
Rendez-vous sur www.livredepoche-durable.fr

« Pour l'éditeur, le principe est d'utiliser des papiers composés de fibres naturelles, renouvelables, recyclables et fabriquées à partir de bois issus de forêts qui adoptent un système d'aménagement durable. En outre, l'éditeur attend de ses fournisseurs de papier qu'ils s'inscrivent dans une démarche de certification environnementale reconnue. »

Édité par la Librairie Générale Française - LPJ
(58 rue Jean Bleuzen, 92 170 Vanves)

Composition Nord Compo
Achevé d'imprimer en Espagne par Liberdúplex
Dépôt légal 1re publication juin 2020
14.4361.3 / 06 - ISBN : 978-2-01-711893-0
Loi n° 49-956 du 16 juillet 1949 sur les publications destinées à la jeunesse
Dépôt légal : octobre 2021